緋彈的亞莉亞
Aria the Scarlet Ammo
彗星沉睡於白日夢
XXII
22
赤松中學

1彈　無名氏之死

——我是東京地檢特搜部的獅堂。遠山金次，現在時間晚上七點，我要以殺人罪嫌逮捕你。

聽到這句話……

被銬上黑色手銬的我當場啞口無言。

（逮、捕……？）

在先進國家，遭到逮捕、起訴之後被判有罪的機率是百分之六十到七十左右。

通常每三件案子中會有一件在法院上被判無罪。

然而換作是日本的狀況，有罪機率卻是百分之九十九點九。

雖然要看是哪一年度，不過這機率有時甚至超過中國或北韓。

換言之，在這國家只要被起訴就完蛋了。

這裡的檢察機關不但負責搜查，要說連司法程序都由他們負責也不為過。簡直就像中古世紀國家一樣。

——對我遞出逮捕令的小隊隊長——獅堂，剛才自稱是東京地檢特搜部的成員。

講到東京地檢特搜部，可是連政治家和大企業也會聞之喪膽的精英集團。隸屬其中的檢察官都擁有搜查、逮捕與公訴等所有權利，每個人都堪稱是能獨立討伐罪惡的『正義使者』。

然而……

（獅堂、灘、大門、可鵡韋……還有妖刕原田靜刃……）

環顧眼前這群人的我，不禁感到有點不對勁。

我過去曾經有和父親生前的同僚等等的檢察官們見過幾次面。

但獅堂這群人和那些檢察官給人的印象是天差地遠。

雖然這只是基於我個人的印象，不過我記得檢察官們應該是──打扮得更一絲不苟才對。

那些人總自詡為搜索、捉捕、懲罰罪惡的社會正義之師，因此從髮型到鞋頭都會打扮得整整齊齊。有時甚至必須踏入國會殿堂或政黨本部，所以無時無刻都會穿著純白色的襯衫搭配深藍色的西裝。每個人都是抬頭挺胸，全身散發出不愧於檢察官徽章──秋霜烈日勳章的正經八百氣息。

可是從獅堂這群人身上卻感受不到那些東西。

他們在髮型打扮上完全沒有統一性，也讓人看不出各自的特性或能力。真要講起來，就是一群異形集團。而且敞開沙漠色風衣的獅堂底下穿的那件深灰色西裝上，也沒看到什麼檢察官徽章。

這些傢伙自稱是地檢派來的這點，實在教人難以信任。

不過……

唯有一件事，即便不是爆發模式下的我也感覺得出來。那就是他們很強。

姑且不論對我銬上手銬的不知火，其他五個人毫無疑問都很強。

他們是一群普通的犯罪者根本無從對抗的超人集團。

尤其是站在五人中央的隊長獅堂，更是出類拔萃。

他那壓倒性的存在感，甚至可以匹敵生前的老爸——也就是武裝檢察官。

另外……雖然從那輕鬆隨便的穿著以及毫不修剪的捲曲瀏海等等特徵會讓人難以相信，不過……

他的態度讓我莫名感受到警察相關人員特有的壓力。

而且現在銬住我的這副手銬，也是警察廳的東西。

（——警察。）

這個關鍵字讓我靈光一閃。

在警察機關內的確有這麼一個集合了各種超人的組織。

那就是……

「……你們是公安零課吧？為什麼要詐稱自己的隸屬機關？」

為了能多少獲得一些理解目前狀況的線索，我即便根據薄弱也決定要嘗試套話看看。

結果獅堂他……

卻用那關節明顯又修長的食指與拇指夾起香菸，「呼……」地吐了一口煙後……

「年輕人，你好歹也讀一下報紙吧。」

保持著彷彿支配整個現場的存在感，用一句嘲諷回應我。

就在的確不太看報紙的我難以理解他的意思時……

「公安零課已經不存在啦。這新聞還滿大條的，你不知道嗎？」

一旁的不知火如此告訴我。

已經、不存在了……？

「電視上不是也有報導過嗎？行政刷新會議。說成『事業分攤』或許比較好懂吧。而警視廳公安部公安第零課也因為這件事遭到解散，然後他們這些人就是從那裡被降……被移轉到東京地檢來的。所以遠山同學的推理算是答對一半囉。」

不知火對於不黯世情的我露出一臉笑容說明著，讓我還真想掐他脖子做為回禮。只可惜我現在被手銬銬著，沒辦法那麼做就是了。

不過從他剛才的發言中，我明白了兩件事。

去年夏天的眾議院總選舉後成立的民社國聯立政權（註1）為了解決財政困難，廢除、縮減了各式各樣的國家機構。而公安零課也包含在其中。

註1　指日本於二〇〇九年政權輪替後由民主黨、社會民主黨與國民新黨聯合組成的內閣政府。

的確……

公安零課一直以來都被左派為主的團體們批評為稅金小偷。雖然他們曾經在共產勢力地區從事諜報工作，或是反過來在國內進行各種防諜活動及封鎖激進組織的任務，可說是相當活躍——但我聽說自從『東西冷戰』或『武力革命』等等概念都成為過去的東西後，零課也跟著開始被人稱為過去的遺物了。

另外，因為零課與戰後長期掌握政權的自民黨關係良好的緣故，在新聞上有時也會被揶揄為『總理的私人軍隊』。對於當時的在野黨，也就是現在的執政黨來說，想必是很礙事的存在吧。因此在這次的政權輪替後，便首先遭到消滅了。

而獅堂這群人，就是零課的殘黨。

（另外還有一件事……）

我瞥眼瞪向一旁的不知火。

這傢伙和獅堂他們站在同一陣線，換言之就是公安警察的關係人。

畢竟武偵也是稍不注意就有可能被警察『關照』的工作，因此就像有學警武偵潛伏在一般學校一樣，有公安關係人潛伏在武偵高中也沒什麼好奇怪的。

難怪不知火從一年級的時候就表現得那麼**老練**啊。

不過……這傢伙剛才說了『他們這些人』。

如果照字面上解釋，就代表不知火本身並不是零課的人。

雖然我不清楚他們之間究竟是什麼關係，但不知火頂多只是幫忙銬住我的手而已……並沒有當場把我壓倒在地。

（也就是說，接下來的事情要交給前零課的意思是嗎？）

我連額頭滲出的汗水都沒辦法擦拭，只能把視線望回獅堂那群人。

雖然現在被轉調到地檢，但獅堂他們過去隸屬的公安警察——前身是特別高等警察。也就是透過暴力和拷問等手段鎮壓不服從軍國主義的國民，可謂惡名昭彰的那個『特高』。特高雖然在戰後遭到駐日盟軍總司令部（ＧＨＱ）廢除，不過他們只是把名稱改為公安而已，之後依然繼續存在。

那樣打不死的精神，也一路被繼承到現在這些苟延殘喘的零課成員身上了是吧。

但不管怎麼說，畢竟公安的職務想當然會遭到對手反擊，因此那群人的戰鬥力在警察機關中也是首屈一指。而從那樣一群猛者之中又精挑細選出來的零課，堪稱是國內最強的戰鬥集團。是以那個賽恩所屬的英國情報局祕密情報部的〇〇部門為範本所創設的……日本版〇〇部門。

而在零課中，據說跟英國的〇〇系列一樣由十人組成的特戰隊——獅堂恐怕就是其中的成員，然後其他人是他的手下——為了盡到守護日本的職責，是被允許從事各種違法行為的。即便跳過法庭審判的步驟就直接殺掉惡徒，也不會遭到任何懲罰。

雖然在這點上跟武裝檢察官是一樣的，不過傳聞中零課殺掉的人數遠比武裝檢察官來得多。相反地，死亡率倒是武裝檢察官比較高。

這是因為武裝檢察官們自詡為正義的英雄，目標都是盡可能延法律途徑將惡徒逮捕並起訴，把殺害視為最後的手段——相對地零課則是打從一開始就以殲滅，也就是以殺害惡徒為目的。一方面也因為前身是特高的緣故，在零課內部『為了正義不惜弄髒自己雙手』的黑暗英雄思想相當根深柢固。

也因此在歷史上，武裝檢察官與公安零課之間一直存在著心結。在這國家講好聽一點是分權、講難聽一點是縱向行政的政府結構下，這兩個組織互不合作的態度是相當有名的。

換言之，現在公安零課被調派為檢察局的下屬，就跟公司被對手企業併購了一樣。怪不得獅堂他們每個人都一臉積鬱難洩的表情。

（雖然我不清楚前零課的成員中，現在還有誰保有允許違法行為的權力……）

不過政治這種東西就有如流水，等到哪一年自民・公明黨奪回政權後，零課搞不好又會復活了。

這樣想想，現在和前公安零課為敵並非良策。

但畢竟罪狀是殺人，要是我乖乖被他們抓走也不妙。

不管出手戰鬥還是投降，等待我的都是地獄。

既然如此——還是逃吧。

也只有這個方法了。

不過想要從這群傢伙手中逃跑，就必須依靠爆發模式。

可是我想出來的那招自行分泌β腦內啡的方法……需要時間，沒辦法立刻達成。

不知不覺間，不知火已經離開我身邊，留下那群零課的成員們。而那群人的隊長獅堂——肯定不是什麼不由分說的傢伙。我要講話，我要試著跟他講話才行。

「……你剛才說『殺人罪嫌』是吧？你倒是說說看我殺了誰啊？」

在日本，即便是嫌犯主張『我沒做』的否認案件，在一審的有罪率還是百分之九十九點五。

這點我當然非常清楚，但我現在要靠否認罪嫌來爭取時間。

可是獅堂卻用他那張有少許鬍碴的大嘴笑了一下後……

「誰知道？」

——竟給我講出了這種話。

簡單講——這是被稱為『無名氏之死』的手法。

也就是警察機關會對武偵使用的手段中，最為強烈的**他案逮捕**。

武偵擁有攜帶武器與進行搜查的權利，但取而代之地必須背負責任。遇到刑事處分的時候有所謂『武偵三倍刑』的規矩，會遭判比普通人更重的罰刑。

尤其當殺死人的時候，無論有任何理由都難逃死刑。即便是搬出武偵少年法也一樣。

（雖然我是有聽過傳聞，但沒想到居然會讓自己碰上這種事……！）

通常他案逮捕是利用小罪捉捕嫌犯後，再針對其真正的嫌疑進行詳細調查。

然而『無名氏之死』則是先打出殺人罪這張王牌，先發制人。

遇到這種狀況，武偵就只能乖乖聽警察的話了。無論是怎樣的交易都不得不接受。

這招本來是美國ＦＢＩ的拿手把戲。假造出某個身分不明的死者，以殺人嫌疑逮捕犯罪者之後，再進行訊問讓嫌犯承認真正的犯行——這樣粗暴的司法交易手法……近年來日本警察也在私底下開始模仿了。

當然這麼做是違法的，但這群人本來是國家認可執行違法行為的黑暗英雄們。

我是不清楚獅堂現在是否還擁有那樣的權利，如果有，那我再怎麼反抗也是白費力氣。

不過，他們的目的究竟是什麼？到底想從我身上搶走什麼……！

「——好好的一群大人……雖然也有不是大人的傢伙啦，但一群大男人竟然結夥起來圍剿我一個高中生？還給我銬上手銬，連『無名氏之死』這種手段都搬出來，你們不會感到丟臉啊？」

我為了等待爆發性的血流形成，而裝得像個明明沒本事卻光有一張嘴的小嘍囉。

靠臭罵對方，企圖讓狀況演變成長時間的雙方互嗆。

現在體內還感受不到β腦內啡。我要繼續講下去才行。

「你說你叫獅堂是吧？是男人就給我一個人過來。只要敢單挑，就算對手是個膽小鬼我也願意奉陪，好好來拚個**勝負**。」

再一會。再給我一點時間……血流肯定就會來了。

來反駁我吧，獅堂。

「遠山，你以為你是在參加什麼運動嗎？吾等選手們必當堂堂正正，遵循運動家精神什麼的——做這種蠢事還會被誇獎的，頂多只有到甲子園而已。呃、話說你還只是個高中生嘛，我好像舉錯例子了。」

講話方式莫名詼諧的獅堂，雖然帶著敵意但還是回應我了。

很好，就是要這樣。

面對這個一看就知道是難敵的傢伙，我成功爭取到時間啦。

爭取到對我而言值千金的幾秒鐘啦。

血流……開始變化了。

可是還很微弱。

「我就來幫你好好上一課。大人才不會拚什麼**勝負**。那是不被允許的行為。要做就只能贏，一直贏，一路贏下去——自己和周圍的人才有辦法繼續存活。」

獅堂把逮捕令收回風衣內的口袋，稍微環顧他的夥伴們後……

「組織力也是力量的一種。而現在的你沒有力量。事情就是這麼簡單。還是說什麼？武偵獨自一個人頂著一張蠢臉傻傻走在路上遭到偷襲，有什麼好奇怪的嗎？」

……他說的話還算有道理。姑且不論講話方式，至少我可以感受到他真心想要把大人智慧傳授給少年的某種溫暖意志。雖然講的話很嚴苛，不過言語中似乎帶有把我視為一名男人的認真態度。

的確——武偵是無時無刻身處戰場。

既不是『被對方以多欺少所以輸掉了』這種藉口可以通用的學生吵架，也不是『有點太大意了』這種話可以被接受的電玩遊戲。只要被殺掉，就沒有所謂『下次再努力』這回事。

——態度上不成熟一點，就會沒命。這就是武偵。

我的確因為『和別人在一起很麻煩』這種理由而經常自己一個人走在路上。而且剛才滿腦子都在思考和亞莉亞跟理子約定撞期的事情，徹底大意了。這樣確實是我太蠢了沒錯。

「……好啦，我知道了，獅堂。現在這狀況一點都不奇怪。」

我就承認這點吧。畢竟我也要升上高三了，差不多該成熟點啦。

所以說，當作是為我上了一課的謝禮——

就讓你們見識一下我成為大人的第一戰吧。

既然是前零課，也夠格當我的對手了。

好……很好……血流來啦。

（雖然只是推測……不過這感覺、我應該已經進入爆發模式了……！）

這招在實戰中是第一次使用，但世事果然只要有心就辦得到呢。

自從去年冬天我在巢鴨被爺爺訓斥說『遠山家的男人要能隨心所欲地『返對』才算得上是獨當一面』之後，我就在私底下一直在思考這招了。

命名為：幻夢爆發——白日夢的爆發模式。

過去我曾有過在睡夢中爆發的經驗……證明了自己一個人也是有辦法進入爆發模式的。

爺爺是透過看照片的方式，取名為『春水車』。不過幻夢爆發則是透過記憶。畢竟照片或影片太寫實了，對於長年來迴避異性的我來說反而會讓恐懼感先湧上心頭。

當然，親身體驗過的記憶對我而言也是很恐怖沒錯，不過我在晚上練習幻夢爆發的過程中——知道了想像其實是可以操控的，能夠照我的意思進行竄改以緩和恐懼感。如果只是用想像的，我可以在腦內創造出不可怕的亞莉亞或是溫順謙恭的白雪。

幻夢爆發就是像這樣故意幻想出白日夢……

（能夠在不為人知之中爆發，可謂名副其實的夢幻爆發模式——）

……我一開始是這樣想的，但後來發現其實缺點還頗多。

首先，這招很花時間。通常的爆發模式是血流會一口氣集中到身體中央，但幻夢爆發只能一點一滴地形成血流。而且爆發模式的進入程度很淺。

然後最嚴重的缺點就是：持續時間非常短。自然進入的爆發模式通常可以維持三十分鐘，長一點甚至能撐到一個小時……但幻夢爆發只能持續幾分鐘而已。

（……嗚……？）

另外，這次的爆發——讓我的頭——深處在發痛。

練習時沒發生過的狀況，讓我多少感到有些不安。

雖然因為是好幾年前的事情，讓我差點忘記了……不過爺爺曾經有對我和大哥講過『要是返對時頭部深處產生疼痛，那就是致死之病的徵兆，要做好覺悟。』這種話。至於爺爺所謂的『返對』就是指進入爆發模式的意思。

而這點同時也是我老爸間接性的死因。

據爺爺所說，老爸以前就有引發這樣的頭痛症狀——然而他明知這是疾病，卻還是為了善盡職責，抱著喪命的覺悟繼續戰鬥。

最後，就在和某個敵人戰鬥的途中殉職了。

至於我的頭痛……雖然在和GⅢ交手時也發生過，但我認為那是王者爆發特有的弊害。畢竟當時是神經整體都在痛，而且之後就沒再發生過了。

然而這次卻很清楚地只有頭部深處在痛。痛到讓人豎起雞皮疙瘩。

不過……就算如此……

還沒有痛到完全無法動彈的程度。

而現在在我眼前，卻有個搞不好會直接讓我喪命的存在。

所以我現在要專注在對手身上，不能去想多餘的事情。

就在我轉頭環視前零課的那五個人時——

「總算啊。」

獅堂稍微抬起左腳，用鞋底熄滅了香菸。

……原來他是在等我嗎？

等我進入能夠戰鬥的狀態。

「本以為是我誘導你講話的，沒想到其實是你好心多話。不愧是大人。讓我感謝你吧，獅堂。」

即使進入得不深，但多虧爆發模式──

讓我推測出這群傢伙的目的啦。雖然沒有確證就是了。

「你們是想來偷我的招式對吧？還搬出『無名氏之死』的手段──就是為了對我打出死刑的王牌，好逼我拿出真本事。至於觀眾這麼多，則是為了多點看招式的機會是吧？」

彈子戲法、不可視子彈、連鎖擊彈、空手偏彈、螺旋──櫻花、秋水、絕牢──

畢竟我過去搞出了不少名堂嘛。

而且還因為那個蠢老弟的關係，害我這些招式都透過美軍的偵察衛星↓美國國防部閒閒沒事做的職員↓各國從事地下工作的人，讓大家都知道了。想必獅堂也有看過那段影片。

「原來如此。看來都是真的。唉呀，你的推測雖不中亦不遠矣啦。」

獅堂雖然沒有明確回答，不過……

他似乎感受出能夠靠狀況推理到『雖不中亦不遠矣』的我，已經和剛才的我不一樣了。

「可鵡韋，遠山果然跟你一樣，是能夠在體內進行增減的類型。然後灘，你最好把他想成SDA排行跟你同樣是第十九名左右比較好。」

獅堂他——立刻就看穿了我自己將自己強化的事情。

既然是前零課的成員，擁有那樣的觀察力也沒什麼好奇怪。但是……

未免也太快了。簡直就像事前已經**預料到**一樣。

「啥？你說這小鬼？」

姿勢和眼神看起來都很壞、身穿條紋西裝的瘦男子——灘頓時發出驚訝的聲音。

「或許他平常是在排名外啦，所以平均起來才變成七十一名的吧。」

聽到獅堂這麼說，到剛剛還感覺一副不甘不願來到這裡的灘……變得好像有點幹勁了。

那個叫可鵡韋的白色立領制服美少年也是一樣。

獅堂這傢伙……很懂得怎麼控制部下嘛。

雖然和強襲科教科書上寫的有點不同，但他似乎擁有某種領導人特質的樣子。

（另外還有……妖刕……）

從剛才獅堂的發言可以知道一點。現在依然豎著一邊的膝蓋坐在階梯上的妖刕‧原田靜刃——並沒有把爆發模式的事情告訴獅堂他們。

或者搞不好是妖刕本身也對我的事情知道得並不詳細。我還以為在極東戰役的時候，他已經透過眷屬知道這件事情了。

如果是妖刕沒有告訴獅堂，就表示他其實對獅堂的態度並沒有很合作。

好，那麼要破壞這五個人的話——

——就要從妖刕先下手。

反正蒞臨遠山招式百貨公司的各位來賓想必都不願意空手而歸。既然這樣，我就讓你們嘗嘗滋味。畢竟大概是我剛才靠著回想起亞莉亞而進入幻夢爆發的關係，現在心情變得有點凶暴啦。

而且這間百貨公司的營業時間可是很短的。從我進入爆發模式之後已經過了三十秒，剩下時間再怎麼長應該也只有五分鐘。

——那我要上了。

在徒手或刀劍戰鬥中，多人圍剿一人的行為其實意外地困難。

因為無論從對手的前後左右哪一邊出手，都可能被同伴們的身體妨礙而無法好好攻擊。另外對手也有反過來利用這點的戰鬥方式。所以他們這次肯定會選擇用槍戰鬥。

只要他們擺出準備拔槍的動作，我就一口氣縮短距離。

這樣一來他們就會為了避免誤射同伴，變得無法開槍。

然後趁他們手上握槍不自由的時候——我先幹掉幾個人再說。

……以上我這些想法，他們當然也應該猜到了。

結果沒有一個人拔槍。

既然這樣也沒關係。

剛好省得我用櫻花衝刺，只要普普通通地接近他們就行。

外。

於是我邁步往前進——的同時，他們也稍微動了。

灘與可鵡韋，妖刕與大門坊，各自些微移動，成為兩人一組的隊形。除了獅堂以外。

2・2・1形成一個Δ——這就是所謂的Delta隊形嗎？

慢慢走向他們面前的我……

「喂，那個臉蛋像女人的傢伙，你叫可鵡韋是吧？你幾歲啦？最近的女校難道也開始把白色立領服拿來當制服了嗎？」

實際上把目標放在妖刕身上，卻故意假裝盯上我照理講第一個會想要對付的年輕人。雖然被銬著手銬挑釁感覺也沒什麼魄力，但現在這樣就好。

走近一點看就更清楚了，可鵡韋真的是一張女人臉。就算跟人說他是穿立領制服的短髮美少女，只看脖子以上應該也會被相信吧。畢竟他皮膚又很白。

不過因為之前遇過華生的事情，所以我有好好觀察了一下他的身體線條。嗯，他是男的沒錯。

……話說回來，真是教人不寒而慄。雖然我沒有馬上出手的打算，但這傢伙感覺也很強啊。

明明身高比我矮了差不多半顆頭，全身卻散發出強烈的超人氛圍。

「我是明白你想要激怒我啦，可是那樣講會不會有點歧視女性？哦對了，我十五歲。」

十、十五歲？

比我還小兩歲……卻能散發出這麼強大的非人哉魄力啊？將來肯定會強到嚇人。

（……嗚！）

就在這時，我停下了腳步。

因為從可鵡韋身上傳來的存在感忽然一口氣暴增了。

剛才獅堂說過……『遠山果然跟你一樣，是能夠在體內進行增減的類型』……

的確，他這感覺雖然不是爆發模式，卻莫名相似。

看來是因為我把距離縮短的關係，他把檔次提升了。

被我挑釁而表情變得不太高興的可鵡韋……

「——不要再繼續催油了，可鵡韋。」

一聽到獅堂那宛如雄獅低吼般的聲音……便似乎又把檔次往下降了。

居然可以把類似爆發模式的能力靠自己的意志『提升』或『下降』，這美少年簡直比我還靈活嘛。

不過，如果要攻擊妖刕——

就要趁大家都在注意我和可鵡韋之間互動的現在……！

然而正當我準備轉向妖刕的時候……

「——！」

我又不得不再次讓動作中途停止。

因為那群傢伙中的另一個人朝我踏出了腳步。

既不是可鵡韋，也不是妖刕。

教人意外地，竟然是身穿沙漠色風衣的——隊長獅堂親自出馬。

「……照你們那副德行，一下子就會把遠山殺掉了吧。」

一步，又一步——

宛如好幾噸重的恐龍釋放出的魄力朝我逼近。

即便是爆發模式下的我也無從抵抗，甚至讓我有種巨大的牆壁緩緩接近的錯覺。

「那樣到時候對上金叉就會很傷腦筋啦。」

——？獅堂剛說了什麼？『金叉』……他竟然說出了老爸的名字。

而且講法上聽起來好像老爸還活在世上一樣。

這是怎麼回事？難道是想靠莫名其妙的發言困惑我嗎？

不，這傢伙看起來不像是會用那種幼稚手段的類型。

「……嗚……」

一瞬間分了心的我——

為了防範可能有誰趁這機會拔出手槍，而轉眼環視那群人。

但獅堂的部下們沒有一個人拔槍，只是些微改變了一下位置而已。

我本來以為那是因為獅堂自己破壞了自己下令的隊形，所以部下們才跟著改變陣勢的。然而實際上不是那樣。

他們是……往後退下了。

因為獅堂親自出馬的關係。

意思是這下他們已經沒必要出手了是嗎？

還是為了不要被獅堂的攻擊波及到？

「那麼，我希望你可以跟我們來一趟警署，請問方便嗎？」

開玩笑似地模仿刑警劇的臺詞，然後像命令小狗『握手』般對我伸出粗獷手掌的

獅堂……

好巨大。

他身高應該是一百八十五左右，但站到面前看起來感覺更高。

像這樣站在眼前，就彷彿被他睥睨著。

輪廓深邃的臉，如果好好打理應該會很有型吧。

不過表情中卻難掩猙獰粗暴的個性。

然後……

這傢伙同樣也沒有拔出武器。

明明在後腰槍套裡應該有槍才對，但他似乎認為對付我不需要用武器的樣子。

……也太瞧不起人了。

你以為我真的會『汪！』一聲把這個銬了手銬的手乖乖放到你手掌上嗎？

「獅堂，你有沒有車？」

「嗯？有啊。」

「太好了。因為你等一下就會沒辦法走路，應該會需要車子。」

「哈哈！別逗我笑。」

「你那些部下們會開車嗎？」

「哦哦，他們全都會。」

「太好了。因為你會變得連車子都沒辦法開啦。」

我如此說完的同時——

——『啪！』地使出一記原地後空翻。

然後順勢踹出左腳，企圖踢斷獅堂對我伸出的右手——但獅堂早已料到這點，把手收回去了。

不過沒關係。

因為這只是假動作。

我把腳往上踹的真正目的並不是要踢獅堂。

現在銬在我手上的是超硬合金製的手銬。

所以獅堂是以我必須銬著手銬戰鬥為前提站到我面前的。

那我就反過來利用這點。

雖然因為會很痛，而且萬一復原失敗就會當場完蛋，所以我其實並不太想用，不過遠山家可是有一套掙脫手銬的方法。

我首先裝出抱膝後空翻的動作，「喀！」一聲用左膝蓋把自己的左手腕骨踢到脫臼。

接著讓脫臼的左手掌抽離手銬後，立刻用右膝蓋把骨頭踢回原位。

「──嗚！」

在著地的同時，我將對手認為我應該不會使用的右手往前橫甩。

現在獅堂和我的距離比我的手臂長了十公分。

不過只要加上銬在我右手上的手銬長度就足夠了。

我的目標是獅堂的臉部。因為他五官深邃的關係，很容易攻擊眼窩上緣──也就是眼瞼上方。

只要我這一擊可以劃破通過那地方的眼窩上動脈，獅堂就會被流出的血液遮住單邊眼睛，讓我一口氣變得有利。

可是……

「哦？」

獅堂竟然把上半身往後一縮，躲開了我的手銬。

代表他不是靠這種手段就能輕易偷襲的貨色是吧？

不過，所謂的攻擊──即便沒有擊中，也能發揮讓下一招容易得手的效果。重要的是必須一招緊接著一招。

於是我將體重放到右腳上，從腰部、肩膀、手臂到拳頭連續扭轉──雖然不是秀櫻花給他們看，不過——

「嗚！」

——磅！

我的一記右手上勾拳捶進了獅堂厚實的身軀。

塊頭大就代表靶子很大，這一拳可說是正中目標。華生傳授的胃袋直擊再加上握著手銬鐵環的硬度，感覺應該會像劍突部被一塊鐵石狠狠擊中。怎樣，獅堂？是不是舒服到想吐啦？這就是爆發模式的攻擊。

「噢嗚……」

發出低沉呻吟的獅堂微微往右方晃了一下。

看到那樣一幕，似乎完全信賴獅堂的那群公安們頓時騷動起來。

獅堂打一開始就親自出馬，對我而言真是太幸運了。因為只要我擊敗頭目，手下們就會畏怯。而人只要畏怯，便無法發揮出原本的實力。就這樣一口氣讓他們全滅吧。

我接著傾斜上半身，扭轉腳踝與腰部，伸出左腳——砰！

彷彿要讓身體搖晃的獅堂再度站好似的，使出一記左側中段踢。

結果這招又是當場命中獅堂的腹部，精準到好笑的地步。

幻夢爆發雖然有缺陷，但果然還是爆發模式呢。

不過，我朝獅堂的身軀又揍又踢，其實只是為下一步鋪路而已。

畢竟壯漢總是很耐打，本來應該要瞄準身體末端或要害攻擊才對。

無論再怎樣壯碩的巨人，指尖、眼球或腦袋之類的部位還是一樣沒辦法鍛鍊。

而我的目標就是其中的腦袋，也就是頭部。雖然獅堂的風衣底下感覺沒有穿防具，不過打起來莫名堅硬。因此攻擊被衣服遮起來的部位不太保險。

「你可別倒下了，我還沒完！」

我說著，把兩手用力拍在獅堂的雙肩上，用跳箱的技巧讓自己跳起來，以面對面的姿勢騎到對方肩膀上。

然後──「砰砰砰！」地朝他的頭連續毆打。

（看我用這招讓你失去意識……！）

反正這大人的態度總是高高在上。

現在雖然前後相反，不過能夠讓小孩子騎在自己肩膀上應該也如他所願了吧。

「──這傢伙完全沒搞懂啊。」

從遠處觀望這場單方面戰鬥的可鵡韋忽然無奈地如此說道，緊接著──

「嗯。」

從我的兩腿間傳來獅堂模糊的聲音，然後……

……啪！……我的腳踝感受到一股壓迫感。

（……嗚……！）

是獅堂把手繞到背後抓住了我的腳。

這握力簡直像虎鉗一樣，讓人聯想到那個女鬼──閻。不，甚至更強勁，我的腳踝要被捏碎了。

我為了把他的手指踢開，不得不解除雙腿對獅堂頭部的固定。

而獅堂就像配合我的動作一樣，冷不防地移動重心。

結果我在獅堂的肩上頓時失去平衡。

（——是『崩技』……！）

不妙，這傢伙會柔道。

姿勢上變得有點像是被獅堂扛起來的我——為了防範他使出柔道的肩車，而想要從他肩膀上跳下去。可是就在那瞬間，唰——

獅堂翻起風衣，揮出一隻手臂擊中了我的身軀。

他的右手像使出金勾臂般橫向一直線放到我的胸口上，彷彿要抱住我的腋下似地把手緊貼我的身體。

正當我對於他這招既不是柔道也不是摔角的動作感到困惑的瞬間……

獅堂就像要抓著我甩圈圈一樣開始全身旋轉，然後——

「——喝啊！」

他竟然把我丟出去了。只靠一隻手臂，用側投的姿勢。

而且教人難以置信的是——

「！」

以方向感來說，我是往自己的正後方飛去。速度快到肌肉像要被撕裂、眼球像要脫窗的程度。

簡直有如被放到一輛看不見的雲霄飛車上似的，獅堂轉眼間離我遠去。

至今無論在怎樣的格鬥戰中，我都沒看過這樣的情景。到底是怎麼回事！

不管是被誰打飛——就算是被閻用狼牙棒敲飛的時候——我的身體都是在空中劃出一道拋物線，不久後便會掉到地面上。可是這次我卻感覺不到那個往下掉的瞬間。

我現在——是呈現**和地面平行**的狀態在飛。明明只是被對手丟出去而已的說。

這怎麼可能！居然可以把足足有六十公斤的人體**朝側面直直丟出去**。

太誇張了！太誇張了——

——砰磅磅磅磅磅！……

我的身體朝改建中而停止營業的商店大樓飛去——

撞破畫滿塗鴉的鐵捲門，破壞了好幾個留在店內的陳列架，最後用力撞在深處的牆壁上。

牆壁裡的電線紛紛斷裂，鋼筋就像捏糖一樣當場彎曲。

這時我才總算……

……停下、來了。

（……剛……剛才這到底是……怎麼、回事……！……）

簡直就像從新幹線上跳車一樣。

還好有鐵捲門啦陳列架啦隔板之類的東西形成好幾層的緩衝網才讓我撿回一命，

要是今天換成厚實的水泥牆，我應該會當場變得像一片扁平的魷魚片吧。

全身上下受到的打擊……很嚴重。

在剛才那狀況下，我幾乎無從使出橘花減緩力道。

黃昏的橘紅色天空看起來異常深濃。大概是我剛才攻擊獅堂眼睛的報應，現在反倒是我眼窩出血的樣子。雖然有點眼花，但至少還有視覺，眼球沒有脫窗。

（該、該死的傢伙……）

就在我從瓦礫堆上「喀啦喀啦」滑落下來的時候……

「啊……不小心殺掉了嗎……？呃不，我明明只是輕～輕丟出去而已……」

從遠處傳來獅堂好像有點擔心，或者是在向周圍的部下們辯解似的聲音。

什麼叫「不小心殺掉了嗎……？」啦，這個怪物。

我雖然還有意識，但頭昏眼花。

而且嘴巴裡的血多到都可以漱口了。

不過——爆發模式還在持續。我還可以再打。

（看來、我……）

實在不應該保留什麼招式的。

好啦好啦，我讓你們看就是了。

要是我繼續用普通的格鬥技，結果又吃上這招摔投——下次就真的會變成一隻扁青蛙啦。

話雖如此，想要從這傷害回到戰線上，需要有時間讓我恢復。就算是一點點的時間也好。

那樣一來，我的身體應該就能重整出能夠反擊的狀態了。

然而，要是我在這裡裝死，可能會有其他四個人聚集過來的風險。

因此我搖晃著身體勉強站起來……

「……好，好，我知道了……我不打了……」

舉起疼痛發抖的雙手，宣告認輸。雖然是騙人的啦。

明明剛剛自己才罵過對方卑鄙的，這樣做好像很不要臉。但這就是武偵的做事方式。

我接著踏過被我這顆人肉砲彈打穿的商店大樓鐵捲門……

搖搖晃晃地走向獅堂。

「啊，還活著。」

看到我那樣的身影，身穿白色學生制服的可鵡韋頓時呆了一下。

獅堂也揚起一邊的眉毛，瞪大他那對雙眼皮的眼睛。

看來這群公安對於我沒死的事情多多少少感到有點驚訝的樣子。除了妖刕靜刃以外。

「……意識看來也還清楚。以前可從來沒有過這種傢伙。不愧是金叉的兒子。」

又提到我老爸名字的獅堂揉一揉被我揍過的高鼻子笑了。

被爆發模式下的拳頭揍到，居然只是感覺癢癢的而已。真是耐打的傢伙。

不過你能笑得那麼得意也只能趁現在。

（——我要出招啦。）

在蹣跚走路的過程中，我把因為剛才水平投擲而亂掉的呼吸與心跳都調整回來了。

幻夢爆發所剩的時間不多。而且爆發之後的頭痛依然持續著。

下一招就定勝負。

看我用遠山招式百貨公司的熱門商品——櫻花來伺候來賓。

而且反正對手是男的，我就瞄準睪丸往上踹吧。

雖然那是在運動比賽中真的會被判犯規的部位，不過那裡簡單講就是內臟。而內臟通常會被堅硬的肋骨或肌肉保護，但男性為了冷卻溫度，唯有那個器官是毫無防備地長在體外。只要破壞那裡，就算是獅堂也肯定會痛到倒下的。

在心中如此盤算的我站到獅堂面前……

「……我投降啦。想把我抓去哪裡都隨你高興。我再怎麼笨也不會被打成這副德行還想要繼續跟你們這麼多人交手……」

然後假裝很虛弱地把掛著手銬的右手伸向獅堂。

「所以這手銬也已經沒有意義了，幫我拿掉吧。你有鑰匙嗎？我雖然左手可以自己脫出來，但右手辦不到啊。」

這是騙人的。骨克己——遠山家的自我脫臼術無論四肢的哪個關節都能辦到。

「……」

低頭看著我的獅堂露出有點同情的表情——

不過似乎在考慮拘捕對象時拿掉手銬是否妥當的樣子。

「我對手銬有不好的回憶，有恐懼症啦。」

這倒是真的。

像是金女違反倫理的遊戲包裝啦，還有卡羯啦，以前發生過很多事情。

「——算了，也罷。喂，不知火。」

獅堂很隨便地把頭轉向不知火。好，他大意了。

但時機未到。我必須等待更決定性的獲勝機會。

不知火拋出鑰匙後，獅堂「啪」一聲接住。

「手伸出來。」

「謝啦。我以前在倫敦，有一次跟像你一樣的傢伙銬著手銬交手過——」

我舉起右手……

於是獅堂看向手銬的鑰匙孔。

「——**當時我也是像這樣**——」

好，就是現在！

腳尖時速一百公里，腳跟時速兩百公里，膝蓋時速三百公里，腰部時速四百公里——

（——櫻花！）

我往上踢的腳——

「砰！」一聲被壓住。

（……嗚！）

獅堂竟然對我的腳瞧也沒瞧一眼就壓住了。

不痛也不癢。

他只是用關節明顯的粗獷手掌壓住我的大腿附近而已。

但我的腳卻因此失去平衡，讓成為起點的腳趾無法施力。

必須精準把速度傳遞下去的每個加速點也亂了。這下力氣的向量完全被分散，別說是櫻花了，連普通的上踢都沒辦到。

我最後只是把右腳稍微抬起來而已。

然後又把那腳放下就結束了。

「……嗚……」

偷襲……沒有成功。明明在艾比路上對實恩就成功過的。

我有充分誘導對方的視線，也有靠對話分散注意力，準備工作應該很周全的說。

「**當時也是像這樣**、踢了對方嗎？你的對手還真是天真。」

獅堂苦笑著，解開我的手銬。

他看穿了我在爆發模式下的演技。

但究竟是怎麼看穿的？

就在我感到驚訝的時候……

「你的眼神看起來就是想動手啊。」

獅堂咧嘴一笑。

──櫻花、被破解了。

透過『擾亂發動起點』這樣極為單純的方法。

可是……！

「……你不看我出招沒關係嗎？」

雖然這樣講有點不服輸，但我還是笑著掩飾受到打擊而鐵青的臉。

然後，擺出架式。

把左腳和右拳往後縮，放低身體重心。把維持平衡用的頭保持在中心線上。

雖然剛才被擋下了，但我就跟你來一場櫻花解禁後的格鬥戰。讓你瞧瞧我跟剛才是不一樣的……！

相對地，獅堂則是──沒擺動作。不過有把手掌打開。

果然是柔道。是以投擲技和固定技為基礎是吧。

「既然你的目的是想偷學我的招式，我就如你所願表演一下。」

順便賞你一個從此無法再戰鬥的身體！

（櫻花──！）

我使出渾身解數放出一拳——

結果肩膀卻被「砰」地壓住了。

用看起來像要把我輕輕推開的動作。

「嗯。」

用鼻子稍微出聲的獅堂……這次也只是壓住我而已。

沒有使用他剛才那神祕的驚人力氣。

他是像柔道或合氣道的高手一樣，看穿了我攻擊的『起招』。

（該死……！這下怎麼做才好……！）

就算想用絕牢反擊，獅堂也只是壓住我而已，沒有意義。

我為了期待對方失誤或漏看，決定靠連擊拚一把。但是——

砰、砰、砰。他一下用手壓住，一下用皮鞋輕輕往前踢，把我所有的櫻花都在發動前就**消除**了。

我只能一步、又一步地往後退下。而獅堂也不斷縮短跟我的距離。

被……被壓制了。

爆發模式下的我，居然被這樣隨便的方式……這怎麼可能？

既然他能辦到這點，就表示他剛才被我又揍又踢……

對這傢伙來說真的只是大人在陪小孩子玩耍而已。

（明明只要櫻花能出招……能擊中對手……！就絕對沒有人類可以承受的

說……！）

看著我咬牙切齒的樣子——

獅堂大概是對這狀況感到膩了……「啪！」一聲用粗獷的左手抓住我不學乖又想靠櫻花揮出的右拳。

而我也……知道反正用左手使出櫻花絕對還是會被擋下，就保持那個姿勢不動了。

「你……以前看過這招嗎？」

「你說的『這招』是什麼我不清楚，不過我知道像你一樣會『變身』的傢伙。我們以前因為那傢伙而嘗過苦頭。套用你的講法，就是有恐懼症啊。」

獅堂用沙啞的聲音如此回答。變身——是指爆發模式嗎？怪不得他剛才表現得像是早就預測到我會爆發一樣。

能夠進入爆發模式的人類，並不只有我。

還有大哥、GⅢ、金女、弗拉德、夏洛克——照賽恩在倫敦的發言，古巴也可能有過這種人。

「你是看過誰的？」

然而，獅堂的回答卻不是以上任何一個人物。

「遠山金叉。」

——？他又提到我老爸的名字了——

我老爸明明在十年前就死啦。

雖然獅堂有點讓人看不出年紀，但大概也是二十出頭而已。

如果他輸給老爸、也就是跟老爸交手過，年齡上可講不通。

「不過我今天想來看的——不是**那個**。是你的眼神。只要看一個男人在戰鬥時的眼神，就大致可以知道他是個怎樣的傢伙了。」

獅堂彷彿包住我的拳頭般握著我，如此對我說。

「你的眼神……不錯。雖然跟金叉不一樣就是了。」

他這講法……不像只是在公安內部聽過傳聞，而是真的見過我老爸。

「你見過我老爸？認識我老爸？到底是怎麼回事？回答我。」

我想應該不可能才對。

可是，難道——

——還活著嗎？

遠山金叉——我父親、還活著嗎？

如果借用爺爺講過的話，遠山家的男人『死而復生』是很稀鬆平常的事情。

那麼搞不好、還真的是那麼一回事。

而如果真的是那樣，照獅堂的年紀來推算……

就表示老爸他在被判定死亡之後的幾年其實依然活著。

也就表示他克服了這個腦袋深處的疼痛——克服了疾病。

「我知道你很在意，但抱歉，我沒有權限透露。畢竟現在武裝檢察官大人們可是咱們的上司啊。」

獅堂明明故意講得勾引我的興趣，卻又不把最重要的部分告訴我。

該死……根本是被他牽著鼻子在走。大人真的在這方面也很高招。

就算不去想無名氏之死的事情，這下我也有必須和這些傢伙扯上關係的理由了。

不，等等，金次，冷靜下來。這傢伙雖然看起來不像是會撒這種謊的類型，但也沒有證據可以證明他講的話全都是真的。

別被煽動了。要是在這裡改變態度，那才真的是個小鬼啦。

「——還有，你的眼神……從剛才就是一副『只要招式能使出來，只要能擊中……』的樣子。」

「……」

把有關老爸的話題就此打住的獅堂，這次換成說中我心裡在想的事情了。

沒錯，獅堂。櫻花可是連鬼、連HSS本身都能擊敗的亞音速打擊。

只要被擊中，就算是你也肯定會站不住。

我雖然沒有說出口，不過用眼神如此回應。

結果獅堂就像對我那樣的想法一笑置之似地……

「那就證明——你至今都只有跟會讓你把所謂的『必殺技』使出來的天真對手戰鬥過而已。我就來幫你好好上一課。我們才不會讓對手使出那種玩意，在對手出招前就解決掉才是常識。畢竟這可不是在打摔角啊。」

說出了這樣一句話。

──『這裡是學校，所以今晚我就稍微教育你一下。』──

一如剛才的宣言，獅堂他……言行上都不斷在徹底打擊我的自信。

「獅堂先生，你不是最喜歡看摔角了嗎？」

這時，可鵡韋很悠哉地調侃了一下後……

「不要打斷我的話。呃……不過確實，這樣你們看得也會有點無聊吧。好。」

獅堂他──用右手食指稍微戳了一下我被他左手握住的拳頭。

「你就用所謂的『必殺技』擊中我試試看吧。今天我就陪你，當個天真的男人。」

……擊中我試試看……？

這傢伙……！就算是年長者，也太瞧不起人了……！

雖然幻夢爆發已經快要結束，但應該還夠讓我再出一招。

然後，現在的姿勢。

我和這傢伙緊貼在一起，接點就是拳頭和手掌。

將秋水和八次櫻花組合起來的招式──八倍櫻花的使用條件，都湊齊了。

因為我這麼想而沒有把拳頭收回去的關係……

「這樣就行了嗎？」

獅堂向我如此確認。

「……沒錯。」

我雖然點頭回應……但還是不禁感到猶豫。

畢竟我已經漸漸看慣超能力者所以多少可以知道，從這傢伙身上感受不到什麼超能力之類的東西。他想必只是個人類。

要是我對他使出八倍櫻花，可是會殺掉他的。

「獅堂，我很想知道關於我老爸的事情。等你哪天獲得權限的時候，我要你告訴我你所知道的全部。但如果我把你殺掉，你就沒辦法講話了吧？」

聽到我這樣的開場白——獅堂「噗！」一聲噴笑出來。

然後像是用右手撥起瀏海一樣，把手掌放到額頭上大笑。

「哈哈哈哈！用不著擔心。好啦，來，**試試看啊**。」

……真的假的？這傢伙也太瘋狂了。

好……既然這樣，我也陪你一起狂吧。

——用我所有招式中最強勁的、名副其實的必殺技，八倍櫻花。

不過，我會在角度上稍微調整一下，讓衝擊力道只會扯斷獅堂的左臂跟肩膀，然後往他身後穿過去。

八倍櫻花是使用雙手雙腳加上軀幹整體，在體內產生八次的櫻花互相連結，然後再配合秋水的組合技。

不但不可能簡簡單單就被學走，而且就算學走了你也沒手臂可以出招啦。

好，我就用給你看。我真的要出招了。等下我會幫你叫救護車，而且反正武偵醫院就在旁邊而已。

可是……獅堂他真的只打算單純承受我的攻擊嗎？

就在我到了最後的最後還在猶豫的時候——

「——喂，你是男人吧？」

獅堂開始對我的拳頭使勁握緊了。

他的握力……果然……很異常……！

雖然亞莉亞的握力已經是異於常人，但獅堂竟比她更誇張。是剛才把我水平投擲過的驚人蠻力。照這樣下去，反而會是我的拳頭被捏碎啊。

而且幻夢爆發也撐不久了，頂多還剩十秒左右。

好……我出招！

「……獅堂，就像你剛才所說，這裡是學校。你就好好接受教育吧……！」

兩腳尖、腳跟、膝蓋和骨盆發揮二馬赫，腰椎四節和胸椎十二節發揮四馬赫——

在這期間，爆發模式下的超級慢動作世界中——嗚嗚嗚嗚嗚——如警報器般的加壓聲穿過我的體內。

最後是左右雙肩、手肘、手腕和手指發揮二馬赫。而且這次我是讓速度從左臂傳向右臂，與沿著脊椎傳遞上來的速度會合，這樣總計就是八馬赫……！

吃我這招吧！孤注一擲、貨真價實的全力——

（——八倍櫻花！）

嗚嗚嗚嗚嗚嗚嗚嗚嗚嗚嗚嗚嗚嗚嗚嗚嗚嗚嗚嗚嗚嘶磅磅磅磅磅磅磅磅磅────!!

聽起來也像戰車榴彈爆炸聲的衝擊聲響傳遍整個學園島第十三區。

周圍的大氣激烈震盪，以我和獅堂的接點──拳頭與手掌為爆炸中心點，多餘的衝擊力道瞬間往四周擴散。

啪唰唰唰！獅堂身上的風衣有如被強風吹襲般擺盪。

我背後那棟無人大樓的窗玻璃也從下層一路碎裂到上層。

站在遠處觀望我和獅堂的四名前零課成員與不知火也在大氣震波中讓頭髮和衣服都激烈飛甩。

……然而……

……可是……

「……嗚……！」

獅堂的左手……竟完全沒事。

我明明抱著要打斷他整支左手、甚至可能連左肩都扯斷的覺悟出招的說。

──但他卻毫髮無傷。

「哦哦，你讓我出力到快要極限了嘛。」

他在笑……笑得一派輕鬆。

這怎麼可能？

我剛才可是使盡全力，而且招式發動得也很完美才對。

但獅堂卻還沒拿出真本事。雖然他講得好像有將近使出全力，但換句話說就是他還有餘力的意思。

我和獅堂……真的就像小鬼和大人……

難以言喻的絕望感頓時如烏雲般籠罩我的意識。

據說職業的摔角手——會故意讓對手使出必殺技。這當然有一部分是因為要表演給觀眾看之類的商業理由，不過其實還有個更深的意圖。

那就是讓對手看到自己被招式攻擊過還平安無事的樣子，好讓對手感到絕望。

而現在的我，就是陷入那樣的絕望之中。

我擁有的一切都對獅堂無效。不但在實戰中連招式都用不出來，就算用出來了他也能夠擋下。**我是絕對無法擊敗這傢伙的**。

更加讓我絕望的是……幻夢爆發已經結束。

不行了。我要被逮捕了。照這樣下去……我到底會如何？

「獅堂，你……難道是超能力者嗎？」

「才不是。那方面不是我的專業。我是——對了，講『乘字號』你懂吧？」

……嗚……！

（原來是……乘能力者！）

那是上天的一時差錯而生到這世上的超人。

基於某種理由，讓身體器官擁有常人好幾倍能力的人類。

事實上，我也算是這一類的人。

爆發模式能夠操控比常人多三十倍的神經傳導物質。雖然在醫學上的名稱不一樣，不過如果把武偵用語中也會講的『乘字號』這個隱語描述得詳細一點，可以用『特殊條件下的乘字號，等級三十』這樣比較容易理解的用語來表示我的狀況。

「你看來應該是神經系統吧，不過我是肌纖維。好像叫先天性肌質……多重症之類的吧？通常的肌絲是彈簧一折發揮二的出力，但我要再加上八折，所以是五百一十二的出力。也就是說，我的肌肉似乎可以發揮常人兩百五十六倍的力量。如果照醫生們的講法啦。」

獅堂把放開我拳頭的手掌亮在我面前，並低頭看向我。

「東大寺的阿形吽形像，教科書上應該也有吧？那神像據說就是拿體質似乎跟我一樣的祖先大人為範本雕刻出來的。如果照學者們的講法啦。」

——獅堂他——

是護法天神，金剛力士……仁王的、子孫。

我雖然有見過自稱神佛的宇宙生物或妖魔鬼怪的經驗，然而獅堂並不是像緋緋神或孫那樣古老的存在，而是轉世到現代的**神之子**。

而且他的強度可以和我進行數值上的比較。

相對於我是特定條件下的等級三十，這傢伙可是純粹的等級兩百五十六。

用遊戲來形容，就是雖然種族相異，不過等級天差地遠。

怪不得交手起來會像小鬼和大人打架。

面對總算理解這點，又失去了幻夢爆發這條救命繩的我……

「好啦，既然天色已暗——課程就到此結束。跟我來吧，你一定可以變得更強。而且還能領月俸。要是你敢拒絕，就用無名氏之死把你『這樣』。」

獅堂說著，用手做了一個勒脖子的動作。

「……領月俸？」

「武偵廳和檢察廳之間有個協定，只要武偵高中的學生完成了高二的學程——就可以把他挖角到公職上。你之前應該也有聽老師講過武檢選拔的事情吧？」

獅、獅堂他——

原來想要的是**我**嗎？

不是招式，而是要我本人。也太粗枝大葉了吧。

「開什麼玩笑。用這種暴力的手段，你以為我會願意跟你嗎？」

「畢竟咱們的工作就是使用暴力嘛。而且和平的招聘手段不就被你拒絕了？」

的確……幾天前高天原老師有提過檢察廳想要提拔我、一石和佐伯這三人的事情。

也就是說，當時那是正規手段，而現在這就像開後門了。

「前零課目前是人數缺缺。所以趁有實力的年輕人被那群武檢搶走之前，我先來挖角你了。用公司來舉例，就是像第一次面試一樣的東西。」

還真是……有夠粗魯的面試。

能順利就職我當然很高興，不過我可一點都不想在前零課工作。

就跟武檢選拔那件事一樣，他們肯定只是想抓我當衝鋒陷陣的砲灰而已。

雖然我很在意老爸的事情，但我不認為沒有權限透露的獅堂會告訴我。他到頭來也只是拿那個當成誘餌，把我拖下地獄罷了。

於是，我從獅堂面前往後退下。

不知不覺間太陽已經快要下山，讓我腳下伸出一道又長又深的黑影。

即使知道應該會白費力氣，但我還是假裝爆發模式依然持續的樣子——

「很抱歉，我是武偵，不想跟地檢或公安扯上關係。」

「那我就再說一個會讓你想扯上關係的名字。現在我們正在處理的案件中，有個案子跟你也不是沒有關係。一方面就是因為這樣，我才會來找你的。」

「……？」

「**伊藤茉切**。最近那傢伙又開始有動作了。」

……！

——伊藤、茉切——！

「……嗚……！少、少騙人。你看得起我是你的自由，但別以為用那種話……」

我雖然拒絕獅堂——卻難掩聽到那個名字後強烈的動搖。

（……伊藤茉切……！）

不行，不可以。

我不能繼續被獅堂牽著鼻子走。

『快告訴我，我什麼都願意做。』這種話差點就要從喉嚨深處衝出來了。

然而，我想逃也逃不掉。

幻夢爆發跟普通的爆發模式一樣，不是可以連續使用的東西。

「聽到這個名字，你還想夾著尾巴逃走嗎？那我就重新抓著你的脖子帶你走。你可要好好感謝我，因為對咱們來說，用蠻力硬來反而是很溫柔的做法啊。」

獅堂「啪嘰啪嘰」地折著拳頭，開始對我進行很原始的嚇唬手段。

要是他跟我來硬的……我絕對贏不了。他可是連八倍櫻花都能擋下的男人。

等級三十的人再怎麼拚也沒辦法對抗等級兩百五十六的傢伙啊。

「……！」

原本應該站在獅堂背後的四個人——

不知不覺間竟然只剩妖刕和大門坊了。

於是我稍微轉頭，發現可鵡韋和打著呵欠的灘已經繞到我的背後。

他們堵住了我的退路。

幻夢爆發結束……一方面因為剛才戰鬥中的亂來，讓我呼吸凌亂、背脊冷汗直流。雖然頭痛隨著爆發模式消退而漸漸緩和，不過我不能讓他們察覺我已經無法戰鬥的事情才行。

從獅堂面前慢慢向後退的我，已經退到手槍的交戰距離了。可是——

在我後方，有灘和可鵡韋。就算這兩人沒有像獅堂那麼強，聯手起來想必還是足以把我解決掉。即便是爆發模式下的我也一樣。

——就在這時……

「？」

站在獅堂左後方的大門坊……那個沒有穿簡易袈裟，只用布衣和粗腰帶包覆身體的和尚……把也不知道究竟有沒有張開的眼睛稍微往下看。

不是朝我……是朝我的腳邊。怎麼回事？

獅堂、可鵡韋和灘都還是盯著我。但很快地，連妖刕靜刃也把他不知不覺間發出朱紅色光芒的眼睛往下移，看向我在夕陽下伸長的**影子**。

接著幾秒後……

車道上剛剛才點亮的路燈……

……嘶……嘶、嘶……

一盞接一盞熄滅。

隨後，自動販賣機的螢光燈以及路口的交通燈號也都熄滅。

「嗯？停電嗎？」

灘小聲嘀咕，把他本來就看起來很凶的眼睛變得更凶，環顧四周。

而我也望向周圍，發現稍有距離的狙擊科大樓和遠處的航空警示燈都還亮著。

燈光消失的只有我們這一帶。

——這現象……我有遇過。

就在我這麼想的下一瞬間，我長長的影子……動了。明明我本身並沒有動。

「？」

獅堂和可鵡韋也察覺異狀。

影子漸漸無視於我本身的輪廓，描繪出看起來很真實的人類頭蓋骨……骷髏的形狀。

接著，蝙蝠的影子從四面八方的地面飛出。在染成血色的黃昏天空中，彷彿是被誰呼喚似地——烏鴉們開始聚集。在腳邊則是有老鼠出現，而且是好幾十隻浩浩蕩蕩的，如水流般成群亂竄後衝進路旁水溝，陷入驚慌狀態陸續往那裡集結。

「……唔……？」

這下連獅堂也不禁稍微皺起眉頭。

表情上看起來搞不清楚究竟發生了什麼事情。

隨後……

「既然察覺了——為何不會像老鼠一樣逃竄躲藏？人類真是比老鼠還愚蠢的生物呢。」

和都是男人的現場狀況格格不入的優雅女性聲音忽然傳來。

從我前方的腳邊、變成骷髏形狀的影子中央……

轉呀轉地，一把荷葉邊裝飾的黑色陽傘緩緩浮現。彷彿那裡不是地面，而是什麼湖面一樣。

緊接著，是螺旋狀的金髮雙馬尾。以黑色為基礎、令人毛骨悚然的頹廢風哥德蘿莉洋裝。用澎澎裙撐鼓的迷你裙。蜘蛛網花紋的絲襪。綻放光澤的黑色亮面細跟鞋——

以及大概是為了掩蓋血味的甜膩香水氣味飄散四周……

——是德古拉女伯爵．希爾達從影子中現身了。

（希爾達……！）

這女人——是在橫濱讓我們吃過苦頭的那個弗拉德的女兒，在天空樹上也有和我交手過，是魔性的眷屬。

「哇，吸血鬼？我還是第一次見到。」

「是遠山叫來的？這下變得麻煩啦。所以我才不喜歡這檔事。果然還是應該聽我講的，把星伽家的丫頭也抓起來會比較快的說。」

就在可鵡韋發出似乎被刺激了好奇心的聲音，以及果然有對我調查過的灘開口抱怨的時候……獅堂往後退下一步了。

——太好啦。

看來就像他剛才自己講過的，**這方面**不是他的專業。

趁機拔出貝瑞塔的我，總之先向似乎是前來救援的希爾達搭話。

「……原來妳在啊，希爾達。」

「你那是什麼感到討厭的表情？不過，呵呵！剛才我看得很愉快呢，遠山。在一對多下被打敗的滋味如何呀？」

希爾達把塗有大紅色指甲油的手放到她薔薇色的嘴邊——讓她畫了濃妝的白臉愉快地笑了一下。

接著稍微傾斜陽傘，確認她最討厭的太陽已經下山後，把傘收了起來。

話說，她這句話是在諷刺以前我、亞莉亞跟理子在天空樹上圍毆過她的事情吧。

「既然妳在，能不能一開始就現身啦。妳根本是故意放著我不管的吧？」

希爾達的護衛……肯定是理子為我安排的。

在台場和理子見面的時候，她就跟我說過什麼『逃跑的準備』之類的話。看來她是察覺到我即將面臨危險，所以那時候讓希爾達移到我的影子裡了。

但她之所以不把對於這狀況的預測明講出來，是因為對手是前零課成員——要是我提高戒心，只會讓他們提早行動而已。

「淑女才不會在那種**大白天**工作呢。我已經在太陽剛下山、**晚上這麼早**的時間就出來了，你應該親一下這高貴的高跟鞋，好好感謝我才是。世界可是以夜晚為中心在轉動的呀，遠山。」

那是只有妳的世界吧。還有，明明要是我真的舔妳鞋子妳反而會討厭的說。

希爾達用難解的希爾達語如此說完……把收起的洋傘隨手丟到腳邊的影子上。

結果影子就像沼澤一樣把傘吞沒後，接著又不知是從哪裡變出來的——啪！

她宛如蠟像般蒼白的右手上出現一條網狀金屬包覆的黑色鞭子，用力甩動。

那條鞭子『劈里！』地放出亮白色的電光。是擁有『紫電魔女』稱號的希爾達把剛才從這個學園島第十三區偷來的電流到鞭子上的。

就在希爾達彷彿要嚇唬對手似地『唰！』一聲張開背後的蝙蝠翅膀，並帶著嗜虐的笑容走向獅堂的瞬間……

磅——！——啪嗤！

希爾達握著鞭子的右手忽然爆裂。

（……！）

失去光芒的鞭子像亂動的蛇一樣掉落到地上，四濺的鮮血讓我不禁瞪大雙眼。

是槍擊。她被槍擊中了。

開槍的是妖刕．原田靜刃。

他有如西部劇中的神槍手般，在拔槍的瞬間就開槍。

那傢伙的槍是蠻牛左輪手槍，使用點454 Casull子彈。而且從希爾達的右手變得稀巴爛到不堪入目的程度判斷，對方用的是達姆彈頭。也太不客氣了吧。

「……嗚……」

希爾達用左手抓住自己被擊碎的右手，停下腳步——

讓睫毛膏同樣塗得很濃的眼睛露出怒色……

「叫獅堂的，你總沒忘記自己剛才講過的話吧？」

竟然不是對妖刕，而是對獅堂如此說道。

面對即使中槍還依然照常講話的希爾達，獅堂不禁「？」地皺起眉頭時——

「**組織力也是力量**。就算是男人之間的戰鬥，多打一還是違反騎士道精神的醜陋蠻行。我德古拉女伯爵要加入遠山這邊了。」

「……哦？這還真是有點意外的發展。有趣，不愧是金叉的兒子。看來你們會擾亂事物的特質是一樣的。」

獅堂即使大膽地笑著，卻似乎還是不想跟希爾達交手的樣子，遲遲沒有攻過來。要打是打得贏，但自己也有受傷的風險——他看來是這樣判斷的。

相對地，希爾達則是咧嘴露出利牙一笑，並打開左手……

「區區人類以為可以贏過我嗎？」

彷彿在變魔術一樣把已經治好的右手亮給獅堂看。

話說，妳腦中是把以前在天空樹上輸給我們的事情當作沒發生過了是吧？

「——原田先生，請問你覺得那個如何？」

被手指著希爾達的可鵡韋如此納悶詢問後，妖刕原田便——

「我換一下槍跟子彈。那傢伙是真貨。我有聽瑠姬赫莉茲說過，應該是羅馬尼亞的吸血鬼吧。我來討伐她，你們退下。」

最後對自己的同伴們如此指示後，從他的黑色大衣底下拔出了一把霰彈槍——M1887。

那把在槍刀修正法的規定中必須改造成泵動式才行的槍枝，那傢伙竟然保持可以單手換彈的槓桿式就帶在身上。鐵定是走私貨。而且連扳機護環都切掉了，是更適於實戰的結構。

（霰彈槍……）

希爾達這些吸血鬼們身上會有四個人類沒有、稱為『魔臟』的臟器。只要有這臟器，肉體即便受傷也能立刻復原。她剛才中槍的手能夠治好就是因為這個能力。

而魔臟也能治療其他的魔臟，因此如果想要擊敗吸血鬼就必須讓四個魔臟同時失去機能才行。但就連希爾達自己也不知道她身上的四個魔臟究竟在哪裡，標示所在部位的記號——白瓷般的肌膚上隱約可以看到的白色眼珠圖案也都是騙人的。

所以當我們想要擊敗希爾達的時候，就必須用霰彈槍擊傷她全身上下才行。

「在極東戰役時我的朋友們好像受你照顧了。不過昨日為友，今日為敵——」

對於妖刕拿出霰彈槍的事情，希爾達的語氣中交雜了幾分怒氣。不過……

我和希爾達的眼睛都注視著妖刕的手。他「咖、咖」地裝進槍中的溫徹斯特紅色實彈，是二十GA的鹿彈——簡單講就是拿來攻擊人類尺寸目標的霰彈。設計上是讓較大顆的彈丸散開，至少有一顆擊中目標就行的子彈。既然他是看到希爾達之後才拿出來，那麼應該是銀彈吧。但那子彈的彈丸數量大約只有十顆左右，要剛好把希爾達的魔臟全部擊中的機率相當低。

看到這點的希爾達保持著強勢的態度……

「如果我是高雅的雪豹，你們就是圍繞兔子屍體的蒼蠅，連躺進棺材都不配。」

說出她一如往常的比喻，可是……

喂，照妳這麼說我不就是兔子的屍體了嗎？雖然我的確是死過兩次沒錯啦。

「我會叫烏鴉和老鼠來，就是為了吃掉你們被刺穿後橫死街頭的屍體。」

希爾達用高跟鞋朝影子「喀！」一地踏了下後，把腳往上一踢──

這次從影子中變出了一把三叉槍。

「呼！」一聲被握到她手中的那把長槍，前端就像『山』字一樣分成三叉，彼此間有亮白色的閃光在流動。是在刺擊的同時可以讓目標物觸電的電極長槍。

面對那『劈里劈里』使人在本能上產生恐懼的高壓電流聲響──

前零課成員中卻有兩人毫不害怕地往前走來。

其中一人是妖刕。

而另一人則是隔著黑衣也能看出全身布滿厚實肌肉與脂肪的壯和尚……大門坊。

獅堂倒是──往後退了。原來如此，超能力方面是由這兩人負責的是吧。

「原田大人，請相互配合。」

用粗野的聲音對妖刕如此說道的這位和尚……全身毫無破綻。

雖然沒有用白五條袈裟包住頭，但他應該是個僧兵。

「好，不過我出手的時候可別殺掉了，大門坊……」

「殺生本就不德是也。」

像忍者一樣用大衣的衣領遮住下半臉的靜刃，與這種狀況下依然表情溫和的大門坊

一邊宛如無聲無息的死神，一邊則是踏響大腳下的鐵屐邁步走來。

死神之後接和尚是吧。唉呀，這組合在順序上也讓人可以接受就是了。

我雖然不是在爆發模式下，但還是為了幫希爾達助陣——姑且舉起貝瑞塔。

反正現在背後有灘和可鵡韋守著，我也退不下去。

面對在粗壯的胸肌前把右拳抵在左掌上的大門坊……

「你是這國家的神父或牧師之類的嗎？」

希爾達並沒有馬上出槍，而是先開口提問。

「正是。降妖除魔乃貧僧之責——故在此出面。」

聽到大門坊正經八百的回答後，希爾達「哦～」地翻起眼珠看了他一下。

「聖職者的血對身體不好。你根本是連被端上魔物餐桌的價值都沒有的泥水袋。不過——」

接著，希爾達又把紅寶石色的眼眸望向握著霰彈槍的妖刕。

「妖刕的小子，你倒是被魔物侵蝕了一半。父親大人有說過，魔物間同類殘食是非常美味的。你就緩緩把脖子伸到我這邊來。緩緩地……緩緩地……」

她這緩慢的講話方式，是在使用以前騙過我和理子的暗示術——古流催眠術。

然而，妖刕卻是……

「那招對我無效啦。」

說出像遊戲的臺詞，並「唰！」一聲掀開大衣往後退下半步。然後反手握住左腰上的日本刀刀柄，架起霰彈槍。他之所以沒有立刻開槍，是打算先用刀對付——打倒希爾達後，再用霰彈連發打到她沒有時間治療是嗎？

鏘！妖刕讓刀微微出鞘而發出聲響。從他的黑色大衣中，開始出現宛如黑煙般的氣場。右眼的紅色光芒也越來越強。然後「啪哩……啪哩啪哩……」地，從他全身上下發出了那個宛如在壓縮肌纖維的聲音。

希爾達「啪沙！」一聲張開翅膀——架起帶有紫電的三叉槍，牽制妖刕。

在妖刕旁邊，大門坊則是拿下原本像項圈一樣掛在脖子上的黑色唸珠串，雙手結印。嘴上還嘀嘀咕咕地唸著像經文之類的東西。戰鬥已經……開始了。

而我應該採取的行動，就是伺機妨礙妖刕和大門坊的動作。

首先，是表情變得有如魔獸的妖刕——腳部使力，準備衝向希爾達。

但就在這時……

「——好了，到此為止。」

現場忽然——這次連大門坊和妖刕都沒能事先發現——又出現了一名男子。

在我左後方，隔了一段距離的場所……不知火的身邊。

獅堂看到那名身穿西裝的男子……

「……唔……！」

很不甘心地咬牙切齒後——「啪啪！」彈了兩下手指。

結果以此為信號，妖刕解開架式……

大門坊也一臉傷腦筋地把視線從希爾達身上移開，望向那名現身的男子。

「……」

「……？」

本以為會像電影『帝都大戰』般展開一場超人戰鬥而抱著覺悟的我和希爾達……雖然抓到這個好機會但並沒有出手。畢竟能不開打當然是最好的了。

在這片有如末法之世的現場，竟然像走在春天的草原般若無其事把腳踏進來的那個人物——是體格和獅堂差不多，但姿勢很標準的眼鏡男。

一身深藍色的西裝配上素色領帶，乍看之下也會讓人以為是個普通的上班族。然而，在他的外套領上——別有一枚秋霜烈日徽章。是檢察官。

而且我看得出來，他不是普通的檢察官。在看似平凡的臉底下，藏有極為銳利的氣勢。他只是用『別這樣別這樣』的一個手勢就讓整個場都沉靜下來。想必反過來他也有辦法讓現場瞬間變得不平靜。

這男人是……

（——**武裝檢察官……！**）

希爾達看到我驚愕的樣子……

大概是為了避免與未知的敵人戰鬥的風險，而收掉了長槍上的電流。

就在那男子彷彿是把那當成什麼單純的手電筒一樣默默眺望的時候……

「……事情才剛變得有趣的說。」

獅堂搔著自己的一頭捲髮小聲嘀咕。

「獅堂，你也為負責管理你們前零課的我稍微想想吧。這少年——遠山同學的確是有列在人事課的名單上，但現在還太早了。」

武裝檢察官「澎」一聲把手放到我肩膀上，對獅堂如此說道。

既然我和獅堂他們站在敵對立場，言行上表現得像他們同伴的這名武裝檢察官明明也會被我當成敵人的說……可是他的態度簡直就像沒看到我手中的槍一樣。

「一點也不早吧。內規上只要學生結束高二課程就能挖角了。人事課上次不也——」

「不，還早一年。畢竟這是武偵高中剛剛才決定的事情，人事課做事有點太急了。然後調查力不足的你們會不知道這件事也無可厚非。」

這麼說的武裝檢察官……

接著講出了我今天聽到最晴天霹靂的事情：

「**遠山同學從明天開始依然是高二。他留級了。**」

聽到他這句話……

「——啥？」

我比在場的任何一個人都先發出了聲音。

留、留、留、級？

「咦！」

接著，不知火也瞪大了眼睛。

在現場被一片沉默籠罩之中……

不知火趕緊拿出手機，大概是連上武偵高中的校內網路進行確認。

然後……不知火他……

臉色鐵青地把頭抬起來，對睜大雙眼皮眼睛的獅堂——點一點頭。

隨後，露出同情的眼神望向我。

呃、真的假的？不知火……學長？

「……」

不，等等，這位人物是那個啊，正義與和平的使者，武裝檢察官大人。

而不知火真要講起來也是算穩健派的。

所、所以這應該是他們為了圓場所以撒的一點小謊吧。人家不是常說『撒謊有時也是權宜之計』嗎？

對，肯定是這樣。畢竟留級什麼的，怎麼可能嘛。

「就算是內規，只要是規定就必須遵守喔，獅堂。現在你們可不是在管理隨便的公安零課。只要行為脫序——就會被依法取締的。」

用手心推了一下眼鏡側面的武裝檢察官宛如老師在訓斥不良少年似地說道後……

獅堂看起來無從反駁的樣子。

「我是有聽說遠山成績不好，但沒想到竟然比預期中還要差勁……」

「喂，獅堂！這次會發加班費吧？」

「啊哈哈哈！獅堂先生，你又被罵啦。」

「呃～……貧僧也一時不察。嗯，遠山少年，該怎麼說……好好用功吧。」

「……」

咬牙切齒的獅堂，氣憤的灘，捧腹大笑的可鵡韋，一臉傷腦筋的大門，雖然表情冷淡可是看起來似乎很傻眼的妖刕……前零課的大家面對這樣的事態，反應各自不同。

「記得寫悔過書，獅堂。」

「呿！等我回到公安就幹掉你。」

挨罵的獅堂或許一方面是因為在部下面前的關係，真的就像個不良大哥般如此回嗆。

但那位不知名的武裝檢察官卻毫不在意地轉身背對獅堂，面朝我的方向。

「……喂，你說說話啊，這個懦夫。不然現在我就跟你打一場也行。」

即便如此，獅堂依舊對他緊咬不放。結果……

「國民的血汗稅——應該不是拿來買子彈給我射殺愛亂吼的野犬吧？」

武裝檢察官頭也不回地如此回應的短短瞬間——

——噺——

放出了無論任何人都會當場神經凍結的殺氣。

光是如此——在場幾乎所有人都僵在原地說不出話了。

要是在實戰中被這股魄力波襲到……毫無疑問會被殺掉的……！不論是我、希爾達還是獅堂的部下們。

現場唯獨獅堂即便多少被氣勢鎮壓，意識還依然保持在能夠反擊的程度。可是——

他們之間究竟誰比較強，我並不清楚。

人常說武裝檢察官各個自尊心都很高，他大概是因為這樣才對獅堂的侮辱做出反應的。不過一方面在政治立場上他現在比前零課的成員們高的緣故，看來並沒有打算跟對方正面衝突的樣子。

「你就是遠山同學啊。唔……」

又用手心把眼鏡側面往上一推後，定眼注視我的武裝檢察官……

似乎有什麼話想說，卻又沒說出來。

「幾天前武檢選拔的測驗，你好像辭退了是吧。沒關係，畢竟那是可以自由選擇參加與否的。不過看來檢察局似乎太高估這所武偵高中的實力了。我今天就是因為來受試的那名少年實在太不像樣——才會來這裡抗議一下的。很抱歉我的新部下們對你失禮了。」

受試的少年……

「一石……嗎？」

一石雅斗在武偵高中二年級時是隸屬X班，也就是資優班的S級武偵。

雖然是民間企業發表的排行，不過在SDA排名上他也比我高，是二年級生中最前途無量的男人。

而這人竟然說那樣的一石『太不像樣』……？

「他在第一輪測驗中就受到重傷而意識不清了。雖然是有送到醫科研醫院治療，但不知道現在是否還活著？今年的死亡人數比起往年還要多，害我們還得忙於善後。所以才會像這樣親自拜訪各個教育機關，要求他們更嚴格鍛鍊年輕人——不要只是參加那種程度的測驗就喪命了。」

把事關人命生死的話講得好像明天天氣一樣輕鬆的這名武裝檢察官——對希爾達笑了一下後，又轉回頭看向我。

「我聽說擁有優秀夥伴的武偵就是好武偵。那麼，我在此告辭。」

他留下這麼一句話，便轉身準備離開。

不妙。我因為聽到唬人的留級戲碼以及武檢選拔的事情感到太驚訝，差點忘記要問他最重要的事情了。

——有關我老爸的事情。

武裝檢察官總是為了執行守護國家的工作而忙得不可開交，像我這樣的高中生通常是沒有機會見到他們的。我不知道下次什麼時候才能見到面，搞不好從此一輩子都不會見到了。

「——等等，你等一下。你是武裝檢察官對吧？剛才獅堂他們稍微講過了……關於我父親的事情！我父親還活著嗎！」

我單刀直入地對深色西裝的背影如此詢問。

然而，對方的回答卻是——

「遠山金次同學，你並沒有知道這件事的權限。如果你想知道——就變強吧。對，你可以試著以武裝檢察官為目標。只要你成為一名武裝檢察官，想必就能知道那天的真相了。」

——既沒有肯定也沒否定。

「……嗚……」

「關於武檢的事情，只有武檢可以知道。」

男子透過背影對我如此說完後，邁步離去。

沒有帶走那群關係依舊險惡的前公安零課成員們，獨自一人退場了。

……啪……啪、啪……

大概是希爾達停止偷電的關係，路燈與自動販賣機等等再度恢復電力……

「……」

獅堂一臉厭惡地目送武裝檢察官的背影離開後，「哼」了一聲把風衣穿好。嘴上抱怨的灘、大笑的可鵡韋與苦笑的大門坊也立刻聚集到他周圍。從這點看來，以獅堂為中心的這群人相當團結的樣子。不過和他們稍隔一點距離的妖刕又是如何就不得而知了。

然後，從那超人圈中──

「喂，遠山。」

傳來獅堂不太高興的聲音。

不知何時已經把長槍收回影子裡的希爾達和我不禁稍微對他們提高警戒，可是──

獅堂他們身上已經感受不到殺氣，也解除戰鬥架式了。

「──給我好好用功啊，這個大白痴！關於這個我就不起訴了。要準備這玩意可是很麻煩的說！不過畢竟咱們這邊很缺人手，我還是會想辦法讓你過來的。」

把對我的逮捕令當場撕碎的獅堂……看來還沒放棄要讓我成為他部下的樣子。我還真是討他喜歡呢……

獅堂接著轉身掀起沙漠色的風衣，下令「解散！」並準備離去後──完全不解散的部下們也嚷嚷著「給我請客啊。」「太好啦～！我想吃烤肉！」「不，可鵡韋大人，要吃肉對貧僧有點……」之類的話，跟到獅堂身後。

「哦哦對了，遠山。如果──關於伊藤茉切的事情在你這邊發生了什麼狀況，記得聯絡我。喂，原田，之前有講好由你負責當遠山的聯絡人吧。」

就在獅堂丟下這句話，前零課的成員們也跟著他離開的時候……

妖刕．原田靜刃瞥眼瞄向我。

「……唉呀，就算我說要跟著你，你應該也不喜歡吧。」

從漆黑的大衣衣領下用模糊的聲音對我如此說道。

「廢話。雖然我不清楚你是何方神聖，但誰要信任剛剛才開槍攻擊過同伴的傢伙。我反而要警告你，下次見到面時給我做好覺悟。」

我認為把上次在比利時跟他見過面的我當成是影武者，今後要跟這傢伙交手應該會比較方便，於是假裝成今天是第一次見面了。

因為妖刕不太多話，讓我看不出這招到底有沒有騙到他。不過──

「要是遇上什麼困難，就聯絡這支電話。」

他接著從大衣口袋中掏出一張小紙條遞給我。

紙條上……寫有『０９０』開頭的手機號碼。

雖然我無論遇上什麼困難都壓根沒有求助於妖刕的打算，但敵人的電話號碼還算是不錯的禮物。畢竟在這場騷動中什麼收穫都沒有也讓人有點不爽，我就收下吧。

隨後，大概也感到肚子餓的妖刕轉身和獅堂他們會合……讓廣場上只剩下我、希爾達以及重新露出笑臉走過來的不知火了。

「……我這次已經陪你鬧了一場愚蠢的騷動，所以著假欠的人情就此打消囉。」

依然感到有點頭痛的我，因為不想再跟不知火繼續有什麼瓜葛——於是宣告讓整件事就此結束。

「遠山同學的心地還真是善良。不過我就是喜歡你這點。」

「我可一點都不想被你喜歡。」

「真失望。」

不知火講得絲毫不覺得自己有錯，讓我不禁感到火大而冷淡回應。

希爾達則是有點臉紅地看著我們兩人。搞什麼？

「反正今晚已經讓我見識到很厲害的東西了。好，足球比賽那件事就到這邊結束契約吧。」

不知火說著，揮出一記正拳……模仿八倍櫻花的動作。不過——

追根究柢，應該就是這傢伙把我的名字賣給公安或檢察局的吧。

算了，沒察覺這點本來就是我的錯。

反正要是站在相反的立場接到同樣的工作，我或許也會出賣不知火。

「最後登場的那位檢察官，也是你安排的吧。原來你連那種人物都能動啊？」

雖然我剛才詢問有關老爸的事情被冷淡拒絕了……

但我依然糾纏執著於可能成為情報來源的那位武裝檢察官，可是……

「不，關於那個人我是完全沒察覺到。其他呢？你還有什麼想問的？」

不知火卻笑著否定了這條可能性，真失望。

「反正我問了你也不會回答吧？不過……你剛才假裝我被留級的那段演技，真是幫了一場大忙啦。」

現在這地方之所以沒有化為一片血海，都要多虧那名武裝檢察官和不知火演出的戲碼。

因此我姑且針對這點稱讚了他一下。

「……」

然而，不知火卻默默不語。

呃、等等？他是不是稍微把視線從我身上別開了？

「你的演技，真是幫上大忙啦，謝謝。」

我又重講了一次後，不知火竟露出苦笑……走向剛才被獅堂，或者說是被飛出去的我砸壞的那扇滿是塗鴉的鐵捲門——旁邊一臺傾斜的自動販賣機，買了三罐『午後的紅茶』。

然後抱著走回來，分別給了我和希爾達各一罐。

「……？」

雖然我是咖啡派啦，不過還是『啪』一聲打開罐子。

希爾達也用雙手包著飲料罐，一點一點慢慢喝了起來。總覺得她的尖牙應該很礙事。

話說，這悠悠哉哉的不知火空間到底是怎麼回事？

「……人生偶爾是需要放鬆一下的，遠山同學。」

不知火說著莫名其妙的開場白，悠然喝起紅茶。

但他的額頭上卻滲出有點動搖的汗水。

「所以你就好好放鬆個一年吧。」

「……？」

用拿罐子另一邊的手拿起手機的不知火，把他剛才登入武偵高中校內網路的畫面亮給我看。

「分班表，剛才發表了。」

他說著，亮到我眼前的畫面……是從明天開始、二年C班的名冊……？

在一整列的學生名單中——

『二年C班　座號未定　遠山金次　※留級生唯有三年級以上學生登入時顯示』

騙人的吧……

「少……少來了啦，你還真會開玩笑……居然連這種偽裝網頁都準備妥當，真不愧是A級的武偵大人……」

我、我的臉上漸漸失去血色……比起和緋緋神交手的時候，比起和獅堂戰鬥的時候……

不用照鏡子我也知道，我現在的臉色肯定跟希爾達一樣像個蠟像吧。

啊……不妙，差點一瞬間失去意識了。

「我、我才要佩服遠山同學啦。雖然你應該不是故意的，但……沒想到你居然能靠這種方式逼退前零課的成員。太厲害了，簡直前所未聞呢。」

不知火竟然把我留級的事情當成前提在誇獎我。

「……」

「……」

僵硬的兩張笑臉，無言的我和不知火……

這片沉默——砰！

「痛啊！」

「該走啦，遠山。」

被希爾達用細跟鞋的鞋頭踹了我的小腿一下而打破。

「你不是有約好七點要去理子那邊嗎？現在已經遲到啦。」

她把喝完的空罐丟進黑影沼澤後，不知從哪裡拿出了一個金錶亮到我眼前。

但——

「吵死了！現在不是管那種事情的時候啦！」

根本沒心情去在意亞莉亞跟理子約定撞期這種事的我，陷入驚慌狀態打算衝向教務科大樓。但希爾達卻一把抓住了我防彈制服的衣領。

然後從她塗有大紅色指甲油的指尖……劈里！痛啊！

「喂、妳別用那種像電擊棒的招式電我啊！」

「來，快走啦。」

「啊，那我到這邊先告辭了……再見囉，遠山同學。代我跟峰同學問個好。」

不知火就像是要把我推給希爾達一樣，轉身離開……

「我、我必須馬上到教務科去才行……！」

就在我想要甩開希爾達的時候……

「雖然詳細狀況我不清楚，但你留級的事情已經確定了對吧？那麼現在去找老師也無濟於事呀。如果你真想做些什麼，在去年就該好好努力了。」

希爾達明明是個不合常理的魔物眷屬，卻講出這樣極有道理的發言。

……的確，我們學校那群懶惰的老師在這種非上班時間還留在教務科工作的可能性非常低。

就算我去了應該也只會遇到正在睡覺的值班老師，要是吵醒對方就只能等著吃上一頓體罰而已。

不得已下，我也用發抖的手拿起自己的手機確認……

校內網路的二年C班名單中，一如剛才那段『※留級生唯有三年級以上學生登入時顯示』的註解……沒有顯示出我的名字。然而在三年級的名單中也找不到我的名字。

就在這時，我的手機忽然──噹噹噹～

咿！這是設定為危險人物來電或來信時的鈴聲──杉良太郎『縫隙賊風』的弦律。是警報啊。

而這次正好就是教務科傳來的郵件……主旨是……

『四月一日留級生說明會的召集通知』

……結……

……結束了……

……是遠山金次就此結束的通知啊。雖然二年級課程還沒結束就是了。

「來，快走啦，這笨馬。理子家在這邊呀。」

砰！砰！

希爾達雖然放開了她的手，卻還是用堅硬的皮鞋鞋尖一直踹我的小腿跟屁股……

於是我只好真的像隻笨馬似的，一步一步……

在背景音樂彷彿可以聽到童謠『多娜多娜』的情境中，拖著腳往前走了。

事到如今去教務科的確也無濟於事，乾脆還是等明天的什麼留級生說明會再過去好了。

另外，雖然原本就沒有的意願現在已經徹底喪失——不過關於這次亞莉亞和理子撞期的約定……就決定去赴約理子吧。

我來到這個廣場時本來還為了性命著想打算選亞莉亞的，但這次的事情讓我欠了理子一個人情。要不是理子警戒公安而安排讓希爾達跟著我，當我爆發模式用盡的時候還真不知道會遭到獅堂他們如何對待呢。

就在我跟著緩緩沉進影子中的希爾達，渾身無力地往前走時……

「……對了，我姑且告訴你一件事。魔物眷屬的行動，可是會誘發運氣的不均衡喔。」

已經只剩下陽傘浮在地面上、看起來有夠詭異的希爾達忽然在我腳邊說出這樣一句超能力用語發言。

「我聽不懂妳在講啥啦。」

「真是愚鈍。簡單來講，這次的事情能順利收場，是因為在戰鬥上曾經身為敵人的我出手幫助——也就是幸運降臨到你身上的緣故。所以說，你今後可能會面臨一場惡運。」

「惡運我早就習慣啦，而且也不可能會有比今天更慘的事情發生吧。不過妳還是姑且告訴我一下，是什麼類型的惡運在等著我。」

「詳細如何我也不清楚。」

「也太不精確了吧。話說，那被妳附身的理子沒問題嗎？」

「那女孩天生的運氣就很好，應該不會有問題。」

天生的運氣。原來還有那種東西。

「那個所謂天生的運氣，我又是如何？」

因為現在希爾達連陽傘都沉到影子中，讓我看起來就像個在跟影子講話的怪異少年了。真是丟臉。

「我不想撒謊，可是講真話你應該會不高興，所以我不說。」

「說啦。我很在意。」

「可以算是最差的一類。不幸的狀況會一直持續下去。」

「……早知道就不問了……」

「所以我才告訴你我不想說呀。這個蠢貨。」

「不過，最後那一句還不壞。」

「？」

——不幸的狀況會一直持續下去。

『一直持續下去』的意思，代表我不會輕易下地獄。

雖然也有『活地獄』這種表現方式啦。

話說，總覺得我根本就身處其中嘛。

2彈　晚安，深愛的人

『多娜多娜』至少還是用馬車載到市場的，我卻必須徒步走到第二女生宿舍。

只要我假裝若無其事地想轉進別條路，腳下的影子就會變成電鋸的形狀。

請問您這是『你要是敢逃跑就把你砍成兩半』的意思嗎，希爾達小姐？

而且從亞莉亞現在的推測所在地——第一女生宿舍的方向還『砰砰砰』地傳來似乎是點45ACP子彈的開槍聲。大概是因為奴隸金次超過命令的晚上七點還沒來，所以亞莉亞在對間宮明里開槍洩憤吧。真是個開槍臨界值像『天才妙老爹』裡的警察伯伯一樣低的女人。

事情發展至此……

為了躲避名為亞莉亞的開槍怪物，我也應該要到理子那邊避難。

如此這般，變成小精靈狀態的我每到轉角處就叫真實怪物希爾達幫忙確認粉紅色怪物不會出現——最後總算抵達第二女生宿舍。

一路上的壓力害我除了殘餘的頭痛之外，連胃都痛起來了。

百服寧跟太田胃散，會不會剛好一起掉在路上讓我撿到啊？

（話說，這頭痛……）

進入爆發模式的瞬間開始發作，疼痛部位在腦袋深處，爆發模式結束的同時漸漸緩和——

這些症狀全部都和爺爺警告過我的內容一致。一致到教人害怕的程度。

不過……即便如此，目前為止我也只有今天這一次發作而已。說是『頭痛』其實也分成很多種。人通常只要有哪裡感到痛就會立刻擔心是不是患上什麼重病，但實際上……大部分情況都只是把些微的身體不適想得太誇張而已。

所以我還是暫時先別跟爺爺講吧。畢竟我也不想害他老人家操心。

我這時不經意低頭一看，發現我那變成希爾達形狀的影子不知道正在跟誰通電話——我想應該是理子吧。說真的，這影子變化到底是什麼原理啦？

到達理子的房間後，影子希爾達就延伸到牆壁上，『喀』一聲幫我打開門鎖。

於是我開門一看，發現在玄關——放有好幾雙可愛的鞋子。

不過應該不全都是理子的鞋子。其中　雙裝飾有超大蝴蝶結的紅色鞋子尺寸比理子的腳還小，而且我有印象。那是我以前二年級時（雖然現在還是二年級啦）以監察員身分加入的星座小隊中，島莓的鞋子。另外還有一雙同樣款式的鞋。島有個身高長相都跟她很像的妹妹叫麒麟，所以應該是那妹妹也來了吧。畢竟我們一年級的時候，麒麟曾經是理子的戰妹。

另外還有一雙雖然看起來是女用但理子應該不會穿的藍色帆布鞋。這是……啊，我想起來了。是上次在台場遇到的那個一年級生——火野萊卡的鞋子。

……因為我這個人唯獨嗅覺特別敏銳的關係，光是這時的女人臭就讓我感到作嘔了。

但一進人家房門就吐未免太耍寶，而且腳邊的希爾達應該也會發飆。於是我只能從鼻腔呼吸切換成口腔呼吸，拚命撐住了。忍耐啊。

話說，理子小姐明明把我叫來，自己卻在開女孩聚會。

從餐廳的方向陣陣傳來女生們的嘻笑聲。

真討厭啊～女孩聚會。光是那名稱聽起來就教人討厭了。黑道聚會還好得多。

但如果我現在掉頭離開，也只會被電鋸砍或者被粉怪（粉紅色的妖怪）射殺，讓小精靈白白死掉一條命而已，一點好事都沒有。因此我只好把腳踏進滿是女人臭的餐廳。

「……喂，理子，我來啦。」

仔細一看，桌子上除了色彩繽紛的一堆飲料之外，還有被切開的蛋糕。哦哦，原來她們是在幫理子慶生啊。話說我也是因為這樣才被叫來的吧。

聽麗莎說，歐美人好像是習慣自己舉辦自己的慶生派對。小時候住在法國布盧瓦還是寇斯的理子大概也是循著那樣的風俗吧。

「哦～！欽欽來啦來啦～！」

不只是眼神閃閃發亮地從座位站起來的理子，在場其他人也都穿著武偵高中的水手服當成正式服裝。

「唉呦唉喲！」

「男生登場了呢！」

表現驚訝的島姊妹身上穿著同樣設計的輕飄飄改造制服，就連像洋娃娃般的大眼睛以及髮型也都一樣，讓人分不清楚究竟誰是誰。於是……

「……妳們哪邊是莓哪邊是麒麟啊？」

我這麼一問後……

「這邊的呢！」」

她們連講話方式跟聲音都一樣，而且還同時回答。

呃……這是我問的方式不好吧。算了，誰是誰都沒差啦。

「……」

據傳很討厭男生的火野萊卡看到我之後，明顯露出厭惡的表情。

我也不想跟女人在一起好不好？

但如果我不來這裡，會有電鋸和Government等著伺候啊。就讓我打擾一下啦。

「來～欽欽坐這邊！」

理子拉著我的袖子，要我坐到她旁邊。

我在不得已下只好就座後，她竟然接著把雙腳坐到我的大腿上了。

「呃、喂！妳做什麼啦！」

正當我因為這冷不防的酷刑而慌張起來的時候，理子連手都抱到我身上——

「哇～欽欽好大膽喔！大家都在看的說……！」

「不要講那種讓人誤會的話，我什麼都沒做吧？不要坐到我身上！」

總覺得理子好像是想把我的存在故意現給周圍的人看的樣子。

「唉呦，姊姊大人，看到遠山金次學長一現身就變得更活潑了呢。」

講這句話的——應該就是島麒麟了。她真的跟莓像是同個模子印出來的。

「那我們該走啦……」

火野萊卡則是因為我的登場而打算早早退席。這傢伙態度還真明顯。

「好的呢。畢竟也打擾很久了。」

島姊妹如此說著，快速整理了一下後，便跟著火野離開。

「好喔～下次見囉～」

黏在我身上揮手道別的理子——語氣上跟平常沒有兩樣，但不知該說是聲調上有點高高在上，還是說在學妹們面前感覺有點在裝尊嚴。那就跟在風魔面前的我或是在間宮面前的亞莉亞是一樣的封建現象。

另外，雖然火野沒有發現——不過她本人明明沒有揮手，影子卻優雅地揮揮手後離開了理子的房間。看來是希爾達出門去了。真是個夜行性的傢伙。

「或許遲到了還抱怨不太好，但剛才那群人是怎麼回事？妳應該知道我討厭女人吧？」

到這時我才總算把理子推開，並提出抗議。

「剛才那是有屏退別人的意義在內的。這樣來，麒麟今晚就不會再來了吧？畢竟那孩子偶～爾會忽然登門拜訪呀。」

「屏退別人？……唉呀，反正我現在也沒什麼心情見人，這樣也好。」

光是零課和留級等等事情就已經讓心情不是很好的我離開理子身邊，一屁股坐到客廳的沙發上。但理子就像隻纏人撒嬌的貓一樣跟到我旁邊……還抱起一個大紅色的心型抱枕。

「欽欽，你真的來了。理子好高興呦，高興得高興得都要變成天使了。」

她接著用比剛才島她們在場時還要嗲的聲音，抬起眼珠對我說出這種話。散發香草般甘甜香氣的小腦袋也靠到我的肩膀上。

該死……這充滿女人味的舉動，真的可愛到讓我很傷腦筋。

而且理子是個清楚自己的可愛，並且會用打扮和舉止進一步強調可愛之處的強敵。我必須和面對自然表現出可愛而刺激爆發性血流的亞莉亞時抱著不同的心理準備，提高警戒等級才行。

於是我在這邊也使出了密技——話題轉移。

「話說……升上新的年級後，徒友就要解散了吧。妳有打算收誰嗎？」

「徒友？嗯，我有在想說要不要反過來指名間宮明里當我的戰妹。要是可以讓那孩子轉到諜報科來，我覺得她肯定能成為一名優秀的怪盜呢～」

「喂，不要把學妹拖到歪路上啦。其他有用的傢伙多得是吧，幹麼一定要挑那個小不點？」

對於要和亞莉亞的前戰妹、莫名其妙厭惡我的那個學妹——間宮某某人間接性繼續保有關係的事情感到討厭的我如此斥責理子後……

「理子呀，只要是亞莉亞的東西就什麼都想偷呢。」

理子說著——把手指戳到我的胸口上。

「……亞莉亞的真妹妹梅露愛特也講過類似的話。我真搞不懂大家為什麼都那麼想跟老虎搶虎子。難道有什麼自殺慾望嗎？」

不管怎麼說，總之理子願意跟上我的話題，於是我抓準機會打算繼續聊徒友的事情……但理子卻打斷我似地把嘴巴湊到我耳朵邊……

「嘻嘻，欽欽想要靠轉移話題來忍耐衝動對吧～？究竟可以撐多久呢～？」

……話題轉移之術，被破解了……！

剛才八倍櫻花也被破解過，今天到底是什麼日子？我的必殺技破解大會嗎？

「不過你放心，才剛開始兩人獨處就**馬上來**這種沒有情調的事情，我是不會做的。反正亞莉亞一定會在外面徘徊，今晚欽欽也沒辦法從這房間出去吧？所以理子一點都不急呦，夜晚是很～漫長的。」

拜託你快點結束吧，夜晚……就在我如此垂頭喪氣的時候……

「好啦！必須趁這機會賺到比亞莉亞更多分數才行呢！」

理子「砰！」一聲用力起身，讓她的裙襬跟著彈高到從我垂著頭的視野來看很危險的角度。

然後，她轉身走進島姊妹才剛整理乾淨的廚房中。

話說從理子的講法聽起來，她似乎知道跟亞莉亞約定撞期的事情。

至於情報來源是誰我也猜得出來，肯定就是希爾達。畢竟我在第二操場旁和亞莉亞見到面的時候，那個蝙蝠女就已經躲在我影子裡了。

理子既然知道這件事，幹麼不把見面時間錯開啦？偏偏要讓狀況變得像在跟亞莉亞比賽、像在測試我的感覺。真教人火大。

言歸正傳，理子把一件胸前同樣又是心型的白色圍裙套到身上後——

「欽欽～欽欽來了♪不是去找亞莉亞♪是來找理子♪」

嘴上唱著歌，感覺很起勁地開始為我做菜。

她似乎在我來之前，就已經先把食材處理好了。

我本來還以為她是個沒有生活能力的傢伙，沒想到還挺能幹的。雖然不到白雪或麗莎那種程度就是了。

沒多久後……

「好啦，欽欽來～！馬麻做飯飯給你吃囉～」

理子開開心心地端到桌上打算給我吃的晚餐，竟然是……

「噹噹啦噹～！列車出發～！」

……兒童套餐……

漢堡排、炸蝦、插有日之丸旗的雞肉番茄炒飯以及上頭放了櫻桃的布丁等等餐點乘坐在一個0系新幹線列車形狀的餐盤上。這玩意會讓我想起去年那場昭昭劫持新幹線的恐怖回憶的說。雖然那次的車輛是N700系新幹線啦。

我帶著心靈創傷甦醒的表情坐到那些的確很像是理子會做的晚餐前……而理子則是坐到我對面的位子上，表現得有點慌慌張張的。

「呃……如果欽欽不喜歡，我可以重做喔？我不想做讓欽欽不喜歡的事情。」

妳明明就做過很多次啊，像是在ANA600班機上對我的腦袋開槍之類的。不過我個性也沒差到會對女人親手做的料理當場翻桌的程度，於是……

「沒差，我吃。反正我就是小孩子嘛。」

我拿起跟餐點一起擺到桌上的圓頭叉子，開動了。

理子看到那樣的我，又恢復她原本愉悅的表情後，明明才剛吃過蛋糕的卻又拿了個香草冰淇淋過來大快朵頤，還「啾啾」吸著沾到手指上的冰淇淋……為什麼女生可以這樣無限制地吃甜食啊？我光是看她吃，口中就覺得甜膩了。而且她接著又喝起香蕉果汁和優酪乳飲料等等感覺就很甜的飲料。嘔噁！

「怎樣？好吃嗎？」

「嗯？還可以。」

「對了，理子餵你吃！」

「妳就沒辦法稍微安分一下嗎……話說，我這不就已經自己在吃了。」

「別在意別在意。來，『啊～』一個。」

像反握短刀一樣握著湯匙的理子，把上半身伸到桌子上方──而且她不知什麼時候把遮胸布拆掉了，讓水手服的領口徹底變成V字型──結果她深邃的乳溝完全露出來，明明身材嬌小卻很雄偉的雙峰有如鞦韆般隨著動作搖擺起來。

「……」

趁著我因此傻住的機會，理子用湯匙挖起一塊布丁塞進我的嘴巴。

「好，那接下來換你餵理子吧。」

然後，她這次又保持著挺出上半身的姿勢，對我「啊～」地張開嘴巴。讓她長有整齊皓齒的口腔內完全露在我眼前。真是一次又一次把自己的內側露出來給我看啊。

「妳這些不是做給我吃的嗎？」

「理子喜歡吃布丁嘛～放櫻桃的那一塊，給我吃好嗎？」

面對只要是喜歡的東西，即便是別人的食物也照吃不誤的理子小姐，我想自己反正也沒那麼愛吃甜食，就把布丁上放有櫻桃的部分挖起來給她了。

而理子接住布丁的粉紅色舌頭……看起來肉有點厚。怪不得她會發出那種有點帶鼻音的甜膩聲音。

後來，我不發一語地默默吃著雞肉番茄炒飯。不過──

男人在女生面前自己一個人吃這種玩意，還真是丟臉的一件事。

因此我在吃完之後，為了今後不要再出現其他受害者……

「──多謝款待。但是像這種東西，妳可別做給我以外的男人吃喔？」

我姑且對理子這樣抱怨了一下。畢竟照她的個性，對她太好只會讓她得意忘形而已。

結果理子忽然被她用牙齒開了洞一點一點慢慢喝的養樂多嗆到喉嚨……

「呃咳！呃咳！呼呀～！」

把手放到嘴巴上的她，瞪大眼睛看向我。這次又在搞什麼啦？

「……好驚訝喔～原來欽欽也會有獨占慾望呢。雖然理子是很高興啦。」

「？？？」

呃……她在講什麼？而且表情還變得莫名感動的樣子。

「當然，除了對欽欽以外，理子才不會做這種事情的。」

理子她──全身扭扭捏捏地，「啾～」一聲把草莓歐蕾一口氣喝光了。而且不知道是在開心什麼，桌子底下的雙腳還不斷擺動，讓襪子上那個像櫻桃的裝飾跟著跳來跳去。

嗯～看來這段對話溝通失敗的樣子。

不過算了吧。反正要和理子正常交談，可是比跟黑猩猩講話還要困難的一件事。

「妳從剛才就喝了那麼多東西，晚上可別尿出來囉？」

「討厭啦～欽欽好色呦～真是變態紳士～」

看吧。她講的話又讓我完全聽不懂了。

餐後——我又回到客廳的沙發上，結果理子說了一句「來，請用。」並遞給我一杯飲料。連她自己的份也有，還真會喝。

「乾杯～！」

「哦、哦哦。」

我順勢跟她乾杯後喝下的這飲料——是薑汁汽水嗎？感覺莫名好喝。

在這間家具擺設都刻意挑選洛可可風格讓人心情靜不下來的客廳中，我喝著餐後飲料……理子則是這次沒有拿抱枕又坐到我旁邊緊貼著我，但我決定不管了。反正就算我避開她也肯定會湊過來。

「……緋緋神事件的時候，謝謝妳留在東京負責守備啦。話說，妳身邊也有瑠瑠色金對吧？後來妳有調查過什麼嗎？」

「我是有叫希爾達用精神感應之類的能力調查過一點點啦。」

理子從胸口拿出她去年向弗拉德搶回來的那枚帶有藍色光澤的小型十字架。

那裡面含有微量理子的父母從美軍手中偷來的瑠瑠色金。是她雙親的遺物。

我後來有把那是來自太空、是擁有意志的金屬之類的事情告訴過理子——不過她行動也真快。

「欽欽，你是不是覺得有關色金的事情已經順俐落幕了？但似乎並不是那樣呦。」

「什麼？」

「瑠瑠色金和璃璃色金好像跟緋緋色金不一樣，不想回到太空的樣子。雖然詳細狀況我不太清楚……不過從緋緋那件事情之後，瑠瑠和璃璃似乎關係變得很差的樣子。」

「妳說瑠瑠神……和璃璃神嗎？」

聽到這段話，我試著挖掘自己的記憶──

在保管瑠瑠色金的五十一區機庫中有如靈體般現身的瑠瑠神，以及附身到蕾姬身上出現的璃璃神，當時看起來意見是一致的。在打算把透過戀與戰擾亂了許多人的命運……以色金的角度來看就是擾亂了地球自然的緋緋神殺掉的這一點上。

然而，我後來顧慮到被緋緋神附身的亞莉亞的安危──說服瑠瑠神改變了心意。

但相對地，璃璃神那方面我卻沒有處理。完全交給蕾姬負責，也沒詢問過那邊的意見。畢竟璃璃神感覺上不太喜歡和我們人類有接觸的樣子。

大概就是在這部分，瑠瑠神與璃璃神之間產生了什麼對立吧。

從那之後，璃璃神就和瑠瑠神分開行動了。還把當時人在紐約的蕾姬叫回自己的地方。現在仔細想想，那行動也讓人有點在意。

「蕾姬她……現在不知道怎麼樣了？總不會阻止了亞莉亞變成緋緋神之後，這次又換成蕾姬變成璃璃神在俄羅斯大鬧吧？感覺擔心起來了。我打個電話給她。」

於是我拿出手機──在猛灌飲料的理子身邊打電話給蕾姬。

而且為了要確認有沒有雷射或氣場之類的東西冒出來，所以是透過視訊電話。

結果，電話另一頭「嘟～嘟～」地——傳來類似日本電信ＮＴＴ對方通話中的聲響。是外國的待接聲。

可是聽起來和中空知告訴過我的俄羅斯ＭＴＳ的待接聲不太一樣。究竟是在哪裡啊？

『——Алё（喂）？』

接通了。是蕾姬的聲音，講的應該是俄語吧。

稍遲一拍後，影像也傳來了。雖然有點模糊……好像在一間白色牆壁的……類似網咖的地方。她身上穿的是武偵高中的水手服。不過窗外是白天，看來有時差的樣子。

「呃～是我，金次啦。妳過得好嗎？」

『我很好。』

如此回答的蕾姬，看起來沒什麼奇怪的地方。講話方式也跟平常的她一樣。

「妳現在在哪裡？」

『日內瓦。』

「日內瓦在哪啊？妳在做什麼？」

『在瑞士。剛剛在透過郵件對一件企業委託進行交涉條件。』

哦～

雖然感覺好像沒有在隱瞞什麼事情……但畢竟蕾姬就算沒有隱瞞的意思，也不太會把事情講出口。

總之我至少知道她現在在進行武偵的工作了。反正她不會說謊。

既然如此，隨便跟她提起璃璃神的事情，讓璃璃神察覺我的疑慮也不太好。

早點掛斷電話吧。

「妳可別去接什麼暗殺之類的任務喔？唉呀，妳過得好就好。那我要掛電話啦，通話費都不知道要多少錢了。」

我簡單說完後，便切斷了通話。

「……看來應該是沒問題。話說，瑞士嗎？她該不會在吃卡洛里美得的瑞士起司鍋之類的吧。在那樣感覺很悠閒的地方，真叫人羨慕。」

我雖然在英國啦、法國啦、比利時等等國家留下了許多難受的回憶，不過畢竟沒去過瑞士——因此對那地方頂多只有像動畫『小天使』中描述的印象而已。結果理子一聽到我那樣悠哉的感想，當場笑了起來。

「噗嘻嘻，那裡現在還很冷喔～？」

「妳有去過？」

「理子在瑞士也有藏身處呀。雖然平常都當成民宿出租就是了。」

理子嘴上「吃小菜、吃小菜」地呢喃著，把手伸向沙發前矮桌上擺的水果拼盤——卻不是拿水果，而是抓起插在上面的一根超大棒棒糖。妳還吃得下甜食啊，理子小姐？

話說，即使沒有到亞莉亞的程度，但其實理子也是個有錢人啊……看來除了竊盜以外，她也有透過這樣的方式賺取收入的樣子。

啊、喂！穿著裙子不要蹲坐在沙發上啦！或許妳覺得現在我是坐在旁邊所以沒關係，但電視螢幕就像鏡子一樣會反射，會從正前方超危險的角度照出畫面啦。為了不要目擊到蜜金色的某玩意，我還是把視線別開吧。

「妳說『在瑞士也有』……的意思是，妳還有其他藏身處？」

「嗯，全世界有二十間多一點點。」

「好強……我想妳剛才應該有聽希爾達說過，我目前正被不知該說是公安還是地檢的傢伙盯上了。如果到時候決定逃跑，或許我在那方面需要受妳關照也不一定。」

畢竟理子可是從爆發狀態下的我與亞莉亞這對黃金搭檔手中逃脫過的逃跑高手。

「啊——說到這個我就想起來了！欽欽可能要留級是真的嗎！」

嗚呃～希爾達那個大嘴巴。

「……妳可別洩漏出去喔？不是『可能』……而是應該確定了……」

我說著，不禁抱住頭沮喪起來。

留級……

在這所偏差值連五十都不到，近年甚至有可能保不住四十的武偵高中……我居然留級了……

成績，出席數，到底是哪裡出問題啦？雖然我覺得好像都有問題。

理子看到我即使還沒有現實感但已經沉入留級的鬱悶大海中……

「不過這樣也好呀，畢竟你剛才就是靠這樣撐過危機的不是嗎？以後乾脆就別去學校了，私奔到大溪地之類的地方吧。畢竟在本業上遇到失敗就跟異性去度個假轉換心情，在法國是很常做的事情嘛。看，這裡不就剛好有一位異性嗎？」

這傢伙，因為事不關己就講得那麼悠哉。

雖然的確是多虧留級，讓我能甩掉前零課那群人啦。可是……

「日本人的精神上可沒強到在本業犯下大失誤還能輕輕鬆鬆跑去玩啦。話說，我明天開始究竟該頂著什麼臉去學校才好……」

我自暴自棄地說著，莫名又想喝一口理子給我的飲料而拿起杯子。

就在這時，理子用手機不知道操作了什麼東西……

叮噹叮噹叮噹叮！室內忽然開始播放音樂，是從無線連接的家庭劇院喇叭傳來的。這是在搞什麼？

在音樂的前奏聲中，理子從沙發上起身，打開貓腳櫃拿出了響板和鈴鼓之類的玩意。然後……

「來！接下來是偶像理理的個人演唱會呦！」

她很唐突地開始唱起我根本沒聽過的動畫歌曲。而且還偶爾穿插一些欠揍的裝可愛動作。

「欽欽也一起唱吧！三、二、一，嘿！」

誰要跟妳合唱啦。

（真是個靜不下來的女人……不會看起氣氛的女人……）

……不對……不會看氣氛的應該是我才對。

理子這行動想必是希望能透過自己的方式為我打氣吧。

而事實上，她的歌舞的確都很棒——邊跳舞邊敲的響板聲，拍打在屁股上的鈴鼓聲，還有她大概是刻意拉高的甜美嗓音，都不可思議地讓我耳朵感到舒暢。那樣宛如掌管少女情趣的精靈一樣的理子……

（呃、奇怪……？）

總覺得、看起來……是個超級有魅力的女人。

我頓時湧起某種一點都不像自己的奇妙感受。

把圓潤豐滿的雙峰像布丁一樣搖晃，讓滿是荷葉邊的短裙飄來飄去的女人……明明對我來說應該是有如一顆中子彈在眼前跳舞的情景才對啊。

「今晚就讓我們盡情狂歡吧！欽欽！」

「嗯？哦、哦哦。」

隨口回應的我，也多虧如此讓心情稍微振作起來了。至少可以把垂下的頭重新抬起來。

這麼說來，強襲科好像有教過……小隊中能有個自由奔放、個性開朗的成員會比較好。

遇到失敗時當然需要反省，但抱著失落的心情只會讓挽回行動也跟著失敗。像這種時候如果有成員能夠振奮夥伴們的情緒，就能防止在精神層面上進一步下沉。

然而這樣的人才並不是想當就能當。通常都是偶然找到有人天生個性如此，而能否讓那個人加入小隊有一半要靠運氣。

我雖然已經從巴斯克維爾小隊遭到除名了，不過對我來說——

理子肯定就是那樣珍貴的存在。

「哇哈～理子動一動就全身都紅起來了～變成夏亞專用力克德姆啦～」

「舉的例子也太冷門了吧。通常不是應該講薩克嗎？」

我的心情甚至已經恢復到可以對坐回沙發上的理子這樣吐槽了。

不過，嗯？我照在杯子上的臉——看起來也很紅啊。難道是心事操勞害我感冒了嗎？

畢竟又唱又跳的理子是個不輸偶像明星的美少女，因此我也懷疑這可能是爆發性的血流造成的臉紅……於是為了逃離理子那香草般氣味瀰漫的客廳……

「理子，謝謝妳啦。我稍微去呼吸一下外面的空氣。」

我說著，起身準備走向陽臺。

結果理子連同她自己的紅色扣帶鞋一起幫我把鞋子拿過來，於是我們兩人便一起來到陽臺——隔著欄杆眺望人工浮島和彩虹大橋。

理子接著又靠近到頭髮會觸碰我肩膀的距離……

「對不起喔，理子有點自顧自地太嗨了……」

她雖然如此苦笑，不過看起來就算只是跟我並肩眺望屋外這種小事，似乎都讓她很開心的樣子。

話說，為什麼她要講這種很像普通女孩子的臺詞啦？讓人渾身不對勁。

我還以為她會像平常一樣跟我講什麼遊戲或動畫之類的話題的說。

「別在意啦。妳是想要幫我打氣對吧。」

「因為欽欽難得來了嘛，理子什麼都願意做的。其實呀……理子本來很不安呢。」

「不安？」

「……欽欽應該覺得選亞莉亞比較好吧？」

理子好像到現在還感到不安地抬頭看向我……於是我在腦內把她和亞莉亞比較了一下……要是我剛才選擇到亞莉亞那裡，然後留級的事情被發現——肯定會被綁起來瘋狂開洞，然後被丟進大海中，此刻正準備出發前往地獄度假了吧。因此……

「選妳比較好啦。」

我把心中的恐懼如此簡短總結後，理子忽然「嘩！」地——露出感動至極的表情，並且用雙手抱住了我的手臂。胸、胸部！胸部啊！

宛如剛出爐的鬆餅般柔軟的觸感！不要黏到我身上啊……！

「欽欽，你真會講話。就算你那是基於身為男性的禮儀……理子聽了也很幸福喔……」

「……？怎麼，妳在哭嗎？」

仔細一看，理子的眼眶好像有點溼。

「啊、啊哈，才不是呢。這是花粉過敏啦。」

理子用握起來的手像貓咪一樣擦擦臉後，再度對我露出燦爛的笑臉。

雖然入夜後花粉應該會比較少，但沒有花粉過敏症的我對那方面實在不太清楚。

「是嗎，那真是抱歉啦。還讓妳陪我到陽臺來。」

「不，沒關係。理子一分一秒都想跟欽欽在一起呀。」

如果是平常的我，聽到理子這種話應該會覺得很煩……但現在卻意外地沒那種感覺。

剛才也提過，或許是我遇上太多難受的事情——而變得想要找開朗可愛、今晚又對我特別溫柔的理子逃避現實了吧。

理子這時默默抬起頭看著我……

而我也看著理子。

總覺得她又莫名看起來像個有魅力的女人——

大概是體內再度引起了那方面的血流，讓我好像又發熱起來。

看來我應該躺下身體好好休息啦。反正夜已深了。

「……妳的床借我。」

就在我說著，準備走回屋內的時候……

「哇哦，欽欽強硬起來的時候就很強硬呢。理解得真快。」

理子似乎又發生了跟我溝通不良的狀況，跑跑跳跳地跟到我後面。

接著踮起腳尖……

「——欽欽好色。」

從背後湊近我耳邊如此細語。

到底在搞什麼啦？像棉花糖一樣輕柔的頭髮碰到我的臉頰，癢死人了。

我借用了一下廁所後回到走廊上，發現理子……在浴室。她去洗澡了。洗澡啊，真討厭的狀況。

不過如果她在這裡，應該也會纏著要我陪她玩。我還是趁現在去睡吧。

於是我走進理子的臥房——因為我去年被騙進來過所以知道，這房間也兼作衣櫥。莫名大張的床鋪兩旁都擺有長長的掛衣架，上面滿滿都是理子的服裝收藏。或許其中有一半都是角色扮演服，不過其她便服看起來也像角色扮演，讓人根本分辨不出來。

或許是為了搬運大量衣服時用的吧？房裡甚至還有在超市之類的地方使用的手推車。我還是第一次看到個人持有這玩意的傢伙。

房間另一邊則是有個宛如童話故事中公主會使用的香檳金色化妝臺，上面雜亂擺放著大概是塞不進抽屜的各式化妝品。還有背面雕了天使圖案的古典手持化妝鏡。

明明那些東西看起來都很昂貴，但理子就是個在這方面很不會整理的女人。應該叫白雪或麗莎也來這裡幫忙打掃才對。

在這樣一片少女風格構成的理子樂園中，我真的有辦法睡覺嗎？不知道是費洛蒙還是什麼的，這房間的女人臭濃到讓人都快昏到了。遠山金次最討厭的女子力濃烈瀰漫，根本就是個『驅金結界』啊。

不過……

我的身體狀況果然很奇怪。又發熱又頭痛。雖然還算有精神啦，可是連盜汗症狀都出現了。

今晚還是早點休息比較好吧。

大概是因為發熱的關係，我感到口有點渴。但我也不想出去遭遇到只包著浴巾的熱呼呼理子。於是——我打開床邊一個看起來像飯店房間那種迷你冰箱的小櫃子，卻發現那不是冰箱。櫃門打開後，裡面看到的是抽屜。

「……？」

從抽屜的縫隙間，我好像看到了似曾見過的東西。

感到好奇的我拿起來一瞧，看到上面印的圖案就立刻知道了。

我想忘也忘不掉。這是『武偵殺手』事件時，理子約我去過的艾絲泰娜俱樂部——拿來墊茶杯用的厚紙板杯墊。而且有兩枚。

兩枚都隱約可以看出放過杯子的痕跡，加上舊化的程度，應該就是當時的東西。

（和我一起去的時候用過的杯墊……？）

理子為什麼要把這種玩意這麼寶貝地收藏著啊？

我現在想要的是可以喝的東西，不過既然有杯墊，或許下層會有罐裝咖啡之類的東西吧。

於是我拉開下層的抽屜──看到裡面放了好幾個綑成棒球大小、糖果形狀的玩意。

表面印有條紋、水珠、草莓等等的大眾圖案。

顏色也很豐富，有白色、粉紅、紅色、水藍、金色等等。

（這是什麼……？理子的偽裝手榴彈嗎？）

我試著拿到手上，發現那玩意很輕。是觸感柔順的布料製成的。畢竟吃糖果也會有滋潤喉嚨的效果，於是我打開來想看看裡面有沒有裝糖，才發現那東西其實是……

「……嗚……！」

這、這是……

小、小褲、也就是、內褲啊！理理的！

雖然以前白雪強行搬進我房間時我也遭遇過類似的困境，但這次因為顏色太可愛而害我一時大意了！我又把那種玩意拿在手上打開來啦！其實在看到金色布料的時候我就應該要察覺才對的！

因為兩手僵住的關係讓我發現了一件事，或者說想也知道男女之間下半身形狀應該有所不同，但是──這布料面積也太小了吧！明明這玩意和白雪祕藏的性感內褲不一樣，是可以包住臀部的類型。真虧女生們靠這種東西可以遮住重要部位啊！

但現在可不是讓我對這種女孩祕密感到欽佩的時候！從走廊另一側「喀！」一聲傳來理子走出浴室的聲響啦！

「……嗚……！」

現在的我看起來簡直就像個內褲怪盜。明明理子才是怪盜的說。

慌張到連爆發模式的事情都忘記的我趕緊把那塊危險的布料暫時塞進衣服口袋中，接著又『不對吧！』地對自己吐槽並試著要把它重新折回去。可是那種像糖果的折法，我、我根本不會啊！那到底是怎麼辦到的？

——啊啊，不管啦……！

於是我直接把那東西塞進抽屜並推回去，卻因為反作用力讓更下層的抽屜彈出來了。

不過我看到那抽屜中除了『戀愛魔咒書』之類的精裝少女書籍外，上面還有潔牙口香糖。

（明明身邊就帶著真正的魔女，還看什麼魔咒書啦！）

我在心中如此吐槽的同時，伸手抓起了潔牙口香糖。這樣一來萬一我翻過這個櫃子的事情被發現，我也可以辯解說「我只是想找口香糖而已」。

我接著故作平靜地躺到床上，拆開口香糖放進嘴裡。

雙手則是因為剛才嘗試折內褲的慣性而開始折起口香糖的包裝紙。

這時我感到頭下的女生氣味高濃縮包，也就是枕頭好像有點硬……才發現底下藏有理子的掌心雷手槍。是她平常都藏在胸口或裙下槍套的玩意。槍身還有餘溫，甚至聞起來有理子甘甜的氣味。應該是她剛才進浴室前才拿下來的吧。真是在雙重意義上都很恐怖的東西啊。

不過這並不是理子為了趁夜偷襲我，而是在睡覺時要把槍放在伸手可及的範圍內——也就是身為武偵的習慣。對我來說，剛才那些小布料才恐怖得多了。

喀嚓……這時開門走進臥房的理子，有重新把制服穿回身上。太好了。

她的表情依舊笑咪咪的，而且大概是剛洗完澡的關係，臉有點紅。

於是我撐起上半身，假裝我剛才只是在放鬆休息的樣子——

「妳沒換衣服？」

「我想說欽欽會不會比較喜歡保持水手服的樣子嘛。」

「哦，這樣啊。」

這點我就不否定了。

畢竟武偵高中冬季制服的外露部分比夏季的少，而且理子的裙子雖然和多數的武偵女孩一樣很短——但因為裙襬多加了荷葉邊而稍微比較長，底下又有穿蓬蓬裙之類的布料，對我來說防禦力其實意外地高呢。

「……」

「……」

然而，我們之間的對話卻在這裡中斷了。

為什麼理子要全身扭扭捏捏地默默盯著我？臉上還露出又開心又羞澀的表情。

這不太妙。要是我隨便開口，不小心讓剛才翻過內褲的事情曝光就糟了。

於是我為了填補這段危險的『空白時間』——把口香糖包裝紙折成的小飛機朝理子輕輕擲出。

理子則是用雙手的拇指和食指圈成一個心型，迎接朝她飛去的紙飛機……

結果非常尷尬地，迷你紙飛機竟然就這樣撞在理子的胸部上。

理子因此用手按住胸口，做出好像心頭一揪的動作。在搞什麼？

但不管怎麼說，我翻過內褲的事情看來是不會被發現了。反正理子既然穿著制服現身，就表示她不需要去拿新內褲嘛。

就在我感到安心下來後……

……這次變得……開始想睡啦。這或許一方面是因為躺下了身體，但我想最大的原因應該是有進入過幻夢爆發的關係。對神經系統，尤其對腦髓會造成強大負擔的爆發模式在結束之後，經常都會讓人變得想睡覺。

然而，事情似乎無法如我所願的樣子——

「蹦！」

理子忽然把手放到頭上假裝成兔耳朵。

接著……

「蹦、蹦！」

一步、兩步、跳！咚！

她跳到床上，一屁股落下，變成不太標準的跪坐……也就是小鳥坐的姿勢。

「嘿嘿，理子到床上來了。」

「哦，這樣啊。」

「理子，到床上來囉。」

那種事情有什麼好臉紅的啦？

頓時感到有危險的我決定不要理她。結果……

「吼啊～理子是佐藤無線標誌上的母豹呦～讓我們一起來尋找、一起來探究美妙的something吧？（註2）」

理子擺出把手腳都放到床上的姿勢，又讓雙峰像鞦韆一樣搖盪，並緩緩靠近我。然後把一隻手握成豹掌的形狀，輕輕戳我的胸口。妳到底是要當兔子還是豹？

「記得把燈關掉啊。」

因為我要睡了。

「呃、嗯！不過……」

註2「佐藤無線（SATO MUSEN）」是日本曾經存在的一家連鎖家電量販店，標誌為一隻奔跑的豹。下文『美妙的something』一句為該店廣告歌曲中的歌詞。

所以我就說，妳為什麼要把臉變得更紅啦？而且眼神還閃閃發亮。

然而不管理子是把哪件事怎麼解讀的，只要我睡著她應該也就沒得玩了才對。

於是我轉身背對理子躺下來。雖然她不知道為什麼還不把燈關掉，但我也不管了。

怎樣啊，理子？這種困境我已經不只遇過一、兩次了。如今總算也學會要怎麼迴避啦。

正當我這麼想的時候……

理子柔軟又溫暖的身體居然騎到我的下半身上。

嗚……撐住啊……！順著睡意的誘惑進入夢鄉吧，金次……！

……喀嚓……

這、這是……我的……

腰帶、被、解開了……？

……嘰嘰……沙……沙沙……

褲、褲子的拉鍊被拉開，然後整條褲子被……拉下去了……！

（這、這狀況——）

實在不是繼續睡覺的時候啦！

再這樣下去，就算我沒那個意思也會被對方擅自施行某種不得了的行為，強制讓我在男性方面獲得飛躍性的成長啊！

「喂！妳幹麼脫我的褲子！」

「因為欽欽受傷了嘛。」

理子伸手觸碰我的膝蓋……

聽她這麼一說我才發現，原來我受傷了。襪子上也沾有些微已經乾掉的血漬。是我被獅堂水平投擲、撞進舊商店大樓時留下的傷口。

不過每個看起來都只是擦傷而已。或許普通高中生會因此慌張起來，但對於武偵來說根本不值得大驚小怪。尤其我又是個受傷率特別高的人。

話雖如此，但沒想到我躺在臥房內發呆時竟然都沒發現。

總覺得從剛剛開始我的意識就模模糊糊的，痛覺也好像變得很遲鈍。究竟是為什麼？

「理子幫你療傷，你別亂動喔。」

理子說著，伸手打開剛才那個抽屜櫃，害我捏了一把冷汗。不過——她是從別層的抽屜中拿出急救套組，認真為我治療起來。

「又、又不是什麼重傷，我自己來啦。」

「讓理子弄吧。」

理子單腳跪在床上，專心開始幫我療傷……讓我頓時不知視線該往哪裡看，只能乖乖任她擺布了。

啊啊～小熊圖案的ＯＫ繃被貼到我腳上啦。

「身體或許也有受傷。來，欽欽，把上衣也脫掉。」

「妳自己倒是別脫喔。絕對別脫喔。」

「嗯，欽欽比較喜歡穿著做對吧？」

我聽著理子又說出莫名其妙的話，在她眼前戰戰兢兢地脫掉上衣，讓全身只剩下一條內褲後一看……

確實，我的上半身也到處都是傷痕。不過同樣都只是輕微的撞傷或擦傷而已，應該消個毒就沒事了。這都要多虧橘花的功勞呢，雖然幾乎都沒有完全使出來啦。

「……那我要睡了。把衣服還給我。」

「讓我幫你洗乾淨吧。」

理子不肯把制服還給我，不過……算了吧。反正從剛才身體就莫名發熱，乾脆只穿內褲睡好了。

於是我再度躺下身子後——唰！

理子幫我蓋上毛毯。

然後連她自己也鑽進來了。

但……我不理妳！

就在我發揮鋼鐵般的意志背對著理子的時候……

「欽欽，抱人家嘛？」

理子用甜美的聲音如此呢喃。

「在這種狀況下……我怎麼可能辦得到那種事啦！」

「那……要不要再喝一點？」

「？」

我躺著身體轉回頭，發現和我剛才翻找過的櫃子不同的另一側床頭有一臺矮櫃型的迷你冰箱……而理子從裡面拿出的小瓶子是……

Krug Grande Cuvée——那不是香檳嗎！是酒啊！

而且聞到氣味我就知道了，剛才餐後喝的那杯莫名美味的飲料，就是這個。

怪不得喝完之後我們兩人都變得那麼紅，我的痛覺也緩和了……！

「喂，未成年飲酒是違法的。剛才那杯既然是酒妳要跟我說講啊，害我都喝下去了！」

看到我用手肘撐起上半身生氣抗議的樣子——

回到毛毯裡的理子卻只是叶舌頭&輕輕敲了一下自己的頭。有夠教人火大！

以前在藍幫城我就知道了，這傢伙的酒量很好。所以她這次才會選擇用酒灌我啊。

相對地，我則是喝完一段時間才會開始醉的類型。現在知道是酒之後，總覺得腦袋好像更暈了。

這種用酒做壞事的狀況，我只聽過男人會對女人做，沒想到居然也有女人對男人做的。真是太大意啦。

理子揭開謎底後把酒瓶丟到床上……

「抱人家嘛～躺著緊緊擁抱我嘛？」

又在毛毯底下用自己的腳纏住我的腳了。

現在我已經開始醉，對方卻很清醒。這狀況下，理子極為有利。

「我拒絕！」

「那摸摸頭。」

摸摸頭嗎……

總覺得……如果這點程度也不做，理子肯定會繼續糾纏不休。

為了讓她不要做出更超過的行為……我現在要戰術性讓步才行……！

「好、好啦，我摸妳就是了。啊，只摸頭喔？」

「嗯！」

就在我稍微露出破綻的瞬間，理子便立刻鑽進我的懷中。

在這點上，理子就比貞德和麗莎高竿多了。她是預料到自己如果全裸或只穿內衣就沒辦法這麼順利騙過我，才會穿著制服到床上來的。

大概是剛洗完澡的關係——從理子身上不斷飄出香氣，悶在毛毯中、悶在我的懷裡。嗚嗚……

「欽欽的氣味……好高興喔……」

把臉埋到我胸口上的理子也同樣提出對氣味的感想。但跟我不同的是，她看起來非常陶醉。

在這樣的情境中，我只能抱著拚死的覺悟，摸摸……摸摸……摸著理子的頭。

別爆發喔……要是在這狀況下爆發，一切就完蛋了。畢竟爆發模式本來就是為了傳宗接代而存在的能力。雖然到剛才都是理子主攻，但爆發之後搞不好就換成我主攻了。到時候，我鐵定會對理子做出很過分的事情……！

「……沒關係。你不用在意喔，欽欽。」

「妳……妳在說什麼？」

「今晚光是欽欽願意過來，我就很高興了。」

「……理子……？」

她……又哭了嗎？可是聲音聽起來，好像打從心底感到開心……感到幸福的樣子……

理子輕輕抓住我摸著她的手，拉到被子裡抱住。

然後，把她的手和我的手十指相扣……變成宛如在祈禱的情侶牽法。

「欽欽那樣的部分，理子很清楚的。所以等到那一天真的到來時，你再盡情做吧。在那之前，理子都會當個乖孩子，一直等下去的。」

理子說著……

「所以說，沒關係的，欽欽。今晚……理子只要這樣就足夠了。」

在我的懷中輕輕閉上眼睛。

「只要可以和欽欽在一起，我什麼都不需要。」

理子她——由衷感到安心似地——準備進入夢鄉。

想要和我一起睡。她的表情就像在說，這份小小的夢想總算實現了。

「理子……」

爆發模式──

因為抱著這樣的疾病一路活過來，導致遇到這種時候不知該如何回應的我……只能對抱在懷中的理子輕輕叫了一聲。

不過理子依然閉著眼睛，彷彿在表達這樣就已經足夠似地……露出微笑。

而我的視野也漸漸被眼皮遮蓋。最後看到的──是理子惹人憐愛的睡臉。

……

…………

「……？」

在莫名的一股寒意中，我睜開了眼睛。明明應該睡得很熟的，卻突然醒來。

看看時鐘，現在剛過凌晨十二點沒多久。

（這也是、喝了酒的緣故嗎……？）

電燈不知什麼時候已經被關掉，只剩外頭臨海副都心的燈光透過窗戶照進理子的臥房。看來理子剛才也醒來過一次的樣子。

「……」

今晚雖然遇到許多難受的事情，不過總覺得理子可愛的睡臉給了我不少救贖。

秀髮微微掛在臉頰上、側著身體熟睡的理子——變得比去年還要美了。

甚至好像變得比昨天見面時更加漂亮。

這女孩搞不好每一分每一秒都不斷在變化成美女呢。

畢竟她的母親據說是像瑪麗蓮夢露一樣的絕世美女、傾國美女。

（唉呀，也有可能是喝了酒讓我有這種錯覺就是了……）

雖然個性活潑的理子總是讓人只注意到她的可愛，但其實她靜靜睡著的樣子就宛如美術品一樣。

柔潤的乳白色肌膚，感覺就像我在羅浮宮看過的妖精雕刻一樣充滿健康美。

教人傷腦筋的是，她連胸部也發育得很好，看起來相當性感……

……等、等等……！

這、這傢伙身上只有穿內衣啊！我明明就叫她不准脫的！

「嗯……欽欽。」

然後，理子偏偏挑這時醒來了……！我還希望她繼續當個睡美人的說……！

她現在身上只有穿一套帶有光澤的色丁質料搭配荷葉邊裝飾的——蜂蜜色內衣。

在那樣的打扮下撐起身子，害我當場慌了起來。

那套繡有小花的內衣給人的感覺和一般的便宜貨完全不同。應該是法國製的進口高級品吧。

被包覆在內的雙峰比她纖細的肩膀還要往左右凸出，而且也沒有輸給重力，堅挺地往前方突起。

視覺上——和她穿著那套輕飄飄水手服的時候相比，尺寸就像增加了一樣。真虧她可以把這麼雄偉的玩意塞在那件衣服底下啊……！

腰部雖然沒有瘦到很誇張，但也往內縮得非常漂亮。沿著形狀美麗的縱長型肚臍凹洞……往內側縮的腰部一路到往外凸的臀部，連結成充滿魅力的曲線。

同樣設計精緻的內褲在肚臍下方一部分是蕾絲材質，可愛中帶有性感。不愧是理子的內褲。

縫有內襯布料的位置低到不能再低，讓人一瞬間分辨不出眼睛看到的究竟是繡花還是底下的什麼東西，害我心臟差點就停了。

而理子則是——

讓帶有波浪的秀髮垂到腰部，「呼哇～」地輕輕打了一個呵欠。

「理子剛才太開心，不小心喝多了。結果睡著睡著身體就覺得熱，所以脫掉啦。欽欽也來一口嘛，然後和理子……做些好事吧……？」

她說著，把酒瓶遞給我。

明明剛才講過可以不用做『好事』之類的話不是嗎……！

看到女孩子的內衣打扮就會因為恐懼感而和普通男性在不同意義上變得積極主動的我，開始有點認真考慮要不要用那酒瓶把理子揍一頓然後緊急脫逃了——但就在這時——

——嘰嘰嘰嘰——！

宛如發生什麼交通事故的越野腳踏車甩尾&剎車的聲響忽然從女生宿舍樓下傳來。

緊接著，踏踏踏踏踏踏！砰砰砰砰砰砰砰砰……！獅子和猛牛一起狂衝的腳步聲沿著宿舍樓梯往上爬，又沿著公用走廊快速逼近——

「吁……呼吁……！」

極度的恐懼讓我頓時發不出其他聲音。

原來我剛才會忽然醒來，是因為動物性的直覺感受到這場危機啊！

——喀鏘！喀鏘喀鏘！

有如驚悚片般從走廊傳來**砍破**門板的金屬聲響後，接著是「砰磅！」的雙人飛踢。兩名人物闖進理子的房間內了。

明明只要正常打開就好，卻偏偏要兩人合力把通往臥房的夢幻門板用身體撞開並現身的是——

「——這個笨蛋金次——！你果然躲在這裡！」

早已將白銀與漆黑的鋼琴配色雙槍拔出來握在手中的制服亞莉亞，以及……

看到只穿一條內褲的我與只穿內衣的理子坐在床上的情境……

「吁……呼吁……！」

結果和我發出同樣的聲音差點癱到地上昏倒……卻又像電影『駭客任務』中基努李維躲子彈的姿勢一樣把身體彈回來——臉上表情宛如女鬼的星伽、白雪小姐……！

這邊的打扮是用繩子把巫女服的袖子綁起來，像頭帶一樣綁在額頭的護具上寫有一個『誅』字。手中還握著一把雖然不是色金殺女但一看就知道是什麼寶刀的日本刀，綻放著寒光擺出了八相的架式。

理子，拜託妳不要只有屏退島麒麟而已，也屏退這些人啊！

「兩位晚安～我是遠山理子～」

但理子本人卻是穿著內衣一把抱住我的手臂，對那兩人比出『耶』的手勢。還不知為何自稱是遠山姓氏。

結果聽到這句話的白雪顫動臉頰，露出僵硬的笑容……

「我是遠山白雪，有什麼疑問嗎？」

連她也自稱是遠山了。到底在搞什麼？

「那麼我就是遠山・福爾摩斯・亞莉亞啦！」

講『那麼』是什麼意思啦？

但姑且先不管這場莫名其妙的姓氏搶奪戰……

「……妳、妳們、為什麼會知道、在這裡……！」

的確抱著躲藏打算的我很清楚這下再怎麼辯解都無濟於事，於是——

為了使出對付亞莉亞和白雪偶爾會有效的『話題轉移』，先試著問出這件事做準備。

「因為我在教訓明里的時候，她說出『遠山金次學長聽說是在峰理子學姊的房間呀！不知道現在他們在做什麼事呢！』這種話然後逃走了，所以我才過來確認呀！」

看來情報是透過『島&火野→間宮→亞莉亞→順便告知白雪』的路徑傳遞出去的……！

間宮明里……那個白痴女人……！居然為了保命出賣我了！

話說，那傢伙在對我採取敵對行動的事情上根本可以發揮出匹敵公安的性能嘛！

「這個大色鬼！看到女人就馬上一臉色瞇瞇的！我不是跟妳說過——不要再跟理子扯上關係了嗎！二年級的時候！」

我現在還是二年級啦。雖然我覺得這件事遲早會被發現就是了。

「話說你好像留級了是吧，笨蛋金次！」

嗚哇，已經被發現了！是透過校內網路嗎！

「我從以前就一直覺得你是個笨蛋，但沒想到你居然真的是笨蛋中的笨蛋！這個笨蛋！」

把像希爾達的尖牙一樣的犬齒露出來的亞莉亞，用娃娃聲不斷罵我笨蛋。

妳那樣講對於社會上所有留級的人都很失禮，而且可能是造成我留級原因的出席天數不足也是妳害的啊。但這句話即使湧上喉頭我也不可能說得出口。

「然後你就自暴自棄又跑來找理子？你每次只要變得自暴自棄就有找理子逃避的習性。做那種事情——也不能讓你晉級啦！」

宛如赤鬼般變得面紅耳赤的亞莉亞露出犬齒，用力指著我如此說道。而且不是用手指，而是用槍口。

「欽欽在男性方面已經晉級囉～和理子一起。對吧，欽欽？」

理子說出這種話後，對亞莉亞她們扮了一個鬼臉。發揮出莫名其妙的積極性激怒這對恐怖的獅子與猛牛。

「我才沒有晉級！沒有！」

「我也想要晉級呀啊啊啊啊小金金金金金！」

「三更半夜不要大喊大叫啦！妳不是升上三年級了嗎！我沒有晉級啦！不論是年級還是男性方面！」

「好過分喔，欽欽。你明明強迫理子做了那麼多事情……」

嗚嗚嗚嗚！理子把被子拉到胸口，一邊騙人又一邊裝哭。

如呼吸般自然吐出的謊言，對白雪的怒氣火上加油了。

而且不知是從理子的『那麼多事情』發言中想像到什麼……亞莉亞『唰——』地展開粉紅色的雙馬尾，臉蛋也紅到一個新境界，用紅紫色的雙眼狠狠盯著我。

「我才想說你在白色情人節時什麼表示都沒有，正覺得奇怪的……！」

不妙，我忘記那件事啦！當時因為顧著要解決緋緋神的問題，根本沒心思去想那種事啊！

「……原來你不知不覺間已經和理子變得感情這麼好了呀……！你們到底做過什麼事，給我一五一十地老實招供出來！看我一邊開洞一邊訊問你……！」

誅

咿……！

「小金！你和這隻狐狸精也變成那種關係了嗎！居然不只是亞莉亞而已！回答我呀！看著我的眼睛回答我！」

超煩的……！

話說，聽到美女要求看著她的眼睛，我也不會乖乖看的啦！

結果我沒有乖乖看向白雪那漂亮臉蛋的行為又是一件錯誤……

「天、天、天——天誅！我要代替上天八百萬神明的每一尊每一尊，誅殺這個惡女八百萬次——！」

白雪也跟著盯上了萬一發生戰鬥時唯一可能站在我這邊的理子。這下完蛋啦！

福爾摩斯、羅蘋與卑彌呼隨時就要開戰。而且還準備把遠山的金先生也拖進戰事中。然而——

「理子，妳也一樣要開洞！妳竟然又想搶我的搭檔……！」

「亞莉亞有資格講那種話嗎？妳明明沒注意到欽欽差點就要被男人搶走的說！」

理子把我被前公安零課襲擊的事情搬出來講後……

「男……男人？被男人、搶走……？」

「我……我知道！我知道小金大人有那方面的興趣！因為在藍幫城的時候小金大人有說過『比起昭昭們還覺得諸葛先生比較好』之類發言！不過那是戰國時代的武將們或是強健的男性們常有的現象！所以我可以諒解的！」

亞莉亞和白雪頓時露出好像強烈誤會了什麼事的表情，一邊握著槍呆住，一邊則是握著刀像棒球裁判一樣擺出『ＳＡＦＥ！』的手勢。

「我說妳們！不要把話扯到奇怪的方向去！」

於是我針對這點清楚否定，可是……

「啊！」

白雪這時好像察覺什麼事情，又看向亞莉亞的胸口。

「……所、所以小金才會對這個粉紅洗衣板這麼著迷嗎……因為她的身體看起來像個少年……！」

然後露出彷彿領悟了什麼真理般的表情，用『粉紅洗衣板』稱呼自己的隊友亞莉亞。

「啥！妳說我哪裡像少年啦！」

「就是胸部吧～？畢竟亞莉亞平坦到只要舉起手胸罩就會移位嘛～」

「才不會啦！五次裡只會有兩次而已！」

一下反駁白雪，一下又反駁理子，亞莉亞光是回應就忙得不可開交了。

「我記得亞莉亞就算遇到不小心把內衣全都拿去洗的時候也沒慌張——原來那是因為和小金在玩少年遊戲……！不可以！絕對！ＯＵＴ！」

「亞莉亞她在料理實習課的時候忘記帶砧板也一點都不慌張呢～」

「我有慌啦！而且用那種部位切菜會受傷好嗎！」

亞莉亞氣憤地高舉起雙手。

話說，呃……話題完全移位了吧……就跟亞莉亞的百分之四十機率胸罩一樣……

「～～～這是機能美！所謂的胸部幾乎都是脂肪呀！只要有運動就會燃燒脂肪！也就是說我比妳們都要表現活躍的意思！而且也很少吃油膩的東西！」

看到亞莉亞嚷嚷著有點說不太通的理論，並使出自創的踱地板動作……

（就、就趁這笨蛋三人組鬥嘴的機會脫逃出去……或許能九死一生……！）

我決定要逃到陽臺去，可是──

「話說亞莉亞跟小雪都好不會看氣氛喔～難得理理在享受辦完事後的甜蜜對話呢。噗噗吼～！」

理子把腮幫子鼓得像河豚一樣，把嘴巴嘟得像鴨子一樣，然後又把雙手食指放到額頭邊當成犄角。妳到底是河豚、鴨子還是鬼啦？這裡是海中、天空還是陸上啦？

話說，妳別把話題又拉回來啊！

「理理要把妳們修理一頓，拿來血祭！」

看來理子的應戰開關總算是被打開了。

她從枕頭下拿出掌心雷後，踏！

朝因為剛才的對話把槍口從我身上移開的亞莉亞撲過去了！

但大概是考慮到子彈數量的關係，理子似乎希望避免近身手槍戰，掌心雷終究只是拿來牽制對手。而她選擇的攻擊方式，竟偏偏是用咬的。

「吼啊～！」

「唔咿～！」

理子咬住亞莉亞的袖子，亞莉亞也咬住理子的袖子，兩人在原地不斷繞圈圈。

白雪則是在一旁打算把那兩人一起當場砍掉，狀況簡直糟透了。

「喂、住手，別這樣！」

「金次閉嘴！」

「這不是小金大人的錯！」

「欽欽不要講話！」

完全不想尊重我意志的冷血笨蛋三人組在大吼的同時順勢改變陣型——

「嘿呀呀～！」

理子一邊大叫一邊用像超市推車的衣物搬運車衝撞白雪。

「——呀嗚！」

白雪慘叫一聲跌到推車籃中，然後推車又撞上亞莉亞，把那兩人一起排除到走廊方向。做、做得好，理子！就這樣把她們推出去！

但是……磅磅磅！

Government的槍聲忽然響起，於是理子立刻在地上滾動閃避，接著「逼呀～！」地高舉雙手逃了回來，甚至躲到我的背後。

怎、怎麼回事？她這反應不像是只被開槍的程度啊。

於是我顫抖著身子仔細一看，發現在昏暗的走廊上……有一道光……紅色的光越來越亮。

——越來越紅、越來越紅、越來越紅——！

「在那邊的笨蛋金次。剛才我在胸部的事情上被嘲笑了對吧？」

「呃、不、我一句都沒講……」

「那部分我是一點都沒改變，而且把緋緋神送回太空之後，我想說身高會不會因此一口氣成長而每天都用身高計確認，但依然還是一百四十二公分，連一公厘都沒有改變。」

就像橫綱力士要踏上相撲擂臺一樣，身後帶著持刀的白雪——已經把子彈射到空槍掛機的亞莉亞又再度進入臥房了。

「……這、這樣的啊……」

我因為過於恐懼而講起了敬語。

「這也就是說，我透過緋彈依然會受到緋緋神來自宇宙空間的超能力影響——以及供給。要不要乾脆趁制裁這個拈花惹草的笨蛋的機會，順便試試看**這招**呢？」

亞莉亞用小指指著右眼，而她的眼睛——呈現雷射充填狀態，綻放出緋紅色的光芒。

妳、妳要為了這種蠢到不行的狀況使用那個力量嗎，亞莉亞小姐？

緋緋神也會感到困擾吧！

「等、等等，別射，有話慢慢說……！」

在徹底想要逃跑的我背後，從光學兵器女的射擊線上——內衣打扮的理子忽然往旁邊一跳。大概是判斷出亞莉亞、我和她自己如果排在同一直線上會很危險的關係吧。將雷射的目標成功轉移到我身上之後就丟下我不管的意思嗎！

「喂、理子！這狀況可是妳造成的！給我想想辦法！」

「咻～～♪」

理子像飛機一樣張開雙手，「唰！」一聲衝進掛滿床鋪旁邊的那片服裝森林中。

本來以為她是想躲在裡面的，沒想到她接著又「啪唰啪唰啪唰」地在衣服間穿梭奔跑。

最後，她變成防彈水手服的打扮衝了出來。而且不知道為什麼還背著一個紅色小學生書包。好厲害的快速換裝啊。

「呀喝～！」

理子大叫著，「砰砰砰！」地用藏在袖中的槍攻擊亞莉亞，然後在自己身體失去平衡的同時……

「命！」

把單腳抬起、雙手伸向斜下方——擺出像『命』字的姿勢。

因為這個動作，她背上的小學生書包順勢彈起，並且從裡面彈出一個懷錶。

嗚哇，我認得那玩意！那不是以前理子也拿來對付過亞莉亞的時鐘型偽裝手榴彈嗎！要命啦！

——砰噗噗噗噗……！

但畢竟是在自己房間的關係，理子這次用的只是煙霧彈。本來想說如果是白磷彈或紅磷彈不就會引起火災嗎？不過瀰漫室內的是帶有香草氣味的水蒸氣。看來那是演習之類的場合會使用的煙燻彈。

雖然亞莉亞的雷射沒弱到會被這點蒸氣削減殺傷力的程度，不過遮蔽視野讓她無法命中目標的效果已經相當充分。幹得好啊，理子！

「理子妳！咳咳！」

亞莉亞咳嗽的聲音如今也已經在濃煙的另一側。

我趁這機會穿上制服並逃到陽臺上後……理子那對宛如棉花糖般柔軟的大腿忽然騎到我的肩膀上。

然後她的雙腳繞到我腋下，扣住了我的身體。這、這姿勢……我有印象！

「來吧～欽欽。不要管那兩個老女人了，和理子一起走吧！老人院要關門大吉囉～」

聽到理子騎在我肩膀上說出的那句發言……

「妳說誰是老女人！」

「好過分！明明是同年紀的說！」

被煙霧遮掩而看不到身影的亞莉亞、白雪兩大怪獸立刻大吼回應。

「可是呀～亞莉亞和小雪看在理子眼裡都很老嘛～理子昨天才過生日，是最年輕的呦。水嫩水嫩的呦。呀哈哈！」

我肩上扛著如此大笑的理子，慌慌張張衝到陽臺——

然後越過欄杆，朝夜空躍身一跳！

緊接著，用雙腳勾住我的理子就讓她身上的水手服……啪唰啪唰！……解開伸展，變成了滑翔傘。

自從在橫濱和弗拉德的那一戰之後，久違的雙人飛行。雖然這真的有夠丟臉的，但畢竟顧命要緊啊。反正深夜也應該沒人會看到。

話說各位鄰居們，真不好意思這麼晚還吵吵鬧鬧的啦。

理子透過緞帶的操傘技術雖然了得，但垂掛兩人的操縱似乎還是有點難度的樣子……我們乘著秒速兩公尺左右的南風，擦碰到盛開的櫻花樹頭……

「嘿呦！」

「痛啊！」

本來看起來理子是要在第二操場著陸的，最後卻落在操場前的道路上了。而且降落角度相當大，害我屁股撞到地面啦。

理子則是把我的頭當成跳箱一樣跳過去後，將制服滑翔傘拉回來折好……

「真好玩呢！」

「……我可是……一點都不覺得好玩。」

背對深夜的一片櫻花吹雪搖搖晃晃站起身子的我，和理子如此對話。

抬頭一看，這棵櫻花樹——

就是一年前理子在我的腳踏車裝炸彈時，我和亞莉亞一起撞上的那棵樹。這麼說來，去年度的第一天我也跟理子有扯上關係啊。然後今年度也是。真不知道該說是奇緣還是什麼的。

「……這片櫻花吹雪，妳可別說妳不記得了。」

「哦哦～！招牌臺詞來啦！」

相對於邊說邊嘆氣的我，理子卻是讓她那對雙眼皮的大眼睛變得像星星一樣閃耀起來。

「如果妳稍微再晚一點出生，就會變成學妹的說。那樣一來很多事情的發展應該都會變得不一樣，我不會和亞莉亞認識，也不會因此留級啦。」

「留級的事情應該還是不會變吧？畢竟那時候欽欽就已經是E級，而且學分感覺也不太夠呀。」

理子「沙沙沙」地將滑翔傘收在一起後，很熟練地將它變回制服模式。然後在穿上衣服的時候，她把剛才在空中用腳勾住的紅色小學生書包交給我幫忙拿……於是我姑且檢查了一下內容物。

結果發現裡面除了對理子來說應該是最重要物品的十字架與槍械之外……

「啊，理子，這是我的東西，還給我。」

還有之前那枚玫瑰晶印章，因此我將它拿出來後……

「——不行，我不還你。我已經不還你了！」

把制服穿好的理子竟然連同書包一起把印章從我手中又搶走了。

她的動作感覺莫名認真，讓我不禁……有種『算了，不跟妳計較。』的想法。

反正那不是什麼很貴的東西，而且我也還沒拿去銀行或區公所登記過。

或許對一名怪盜來說，把得到手的東西又還給對方是有損面子的事情吧。

「好啦，那就給妳。不過妳可別拿去做壞事喔？收著就好。」

「嗯，理子會收好。永遠永遠，都會乖乖收好的。」

「妳就給我乖一點。另外……雖然講得有點晚了，不過……生日快樂啦。」

「謝謝……欽欽。今後不管是亞莉亞還是公安，當你要從各種敵人手中脫逃的時候——隨時都可以叫我喔。理子無論天涯海角都會跟欽欽一起逃的。」

「當人選擇逃跑的時候，通常最終只有到墳墓底下的份。我會盡量努力，不要麻煩到妳啦。」

「……欽欽剛才有問過『是不是有自殺慾望』之類的話。理子呀，就算是和欽欽一起死也願意喔。」

「呃、喂。」

「聽我說。」

理子說著，擺出講悄悄話的動作。於是……

「什麼啦？」

我只好把耳朵湊近理子面前，結果——她竟然『啾！』地親了我的臉頰一下。

「……！……」

「今晚就到這邊放過你吧。Bonne nuit, mon chéri.（晚安，我深愛的人。）」

理子最後留下這句法文後，轉身……在星空下宛如妖精般走走跳跳地離開了。腳步輕盈得彷彿可以聽到旋律。

（……理子……）

在抬頭仰望的櫻花樹下，微微殘留著理子那香草似的氣味。

然而在春風吹拂中，還是漸漸消散。

連同明明表現得那麼黏人，卻也明白自己何時該離開，在這方面莫名成熟的——

理子的身影，一起消失了。

3彈　克羅梅德爾的妹妹

但願一切都是一場誤會，但願一切只是一場策略……我雖然強烈地、強烈地如此期望，但越是強烈的願望似乎就越難實現的樣子。

我……真的留級了。

在麥當勞點了一杯咖啡等到天亮之後——我收到一封夾帶ＰＤＦ檔案的郵件。根據內容所寫，看來我是因為『公民　○・五堂課出席不足』加上『保健體育　第三學期期末測驗成績不及格』這兩連擊而徹底留級了。

我接著確認詳細內文，似乎是上次在課堂中打瞌睡被綴趕出教室的那堂課被當成了缺席半堂。然後靠滾鉛筆決定選擇題答案的保健考試中，我終究遭到鉛筆之神拋棄的樣子。

……於是……

我為了出席昨天那封召集令郵件中提到的『留級生說明會』這種『生在這世上真是對不起』活動，一大早便來到武偵高中三大危險地區之首——教務科。

「打、打擾了……」

即使沒看到其他人影但我還是姑且打了聲招呼後才踏入的教務科大樓中，因為時間還很早的關係顯得非常安靜。

我接著穿過到處都是彈痕、在寂靜中反而更讓人感到恐怖的走廊，走向信中指定的第二面談室。

最後，在那間彷彿可以看到一股可怕氣場不斷外洩的面談室門前……

「……」

我看到一名女學生……用鐵三角公司的厚紙箱蓋住身體，蹲在那個地方。

那傢伙的大屁股、裙襬、長長的黑直髮與紅色鞋頭的室內鞋都從箱子裡露出來，不斷發抖。這個藏頭不藏尾的蠢樣，應該是……

「……中空知嗎？」

「咿！」

只不過是被叫了聲名字，她就當場腳軟癱坐到地上了。

看來箱子裡的人物的確是原本在二年C班、隸屬通信科的中空知美咲。

「哦、遠圓圓、我、我、留、留級、我、對不起！體育的、學學學分、怎麼、留、怎麼也、沒沒沒辦法、取得、呃、對不對不起……嗚……」

「……妳也留級了嗎……」

「嗚……遠圓圓、圓山、同學也……留、留、留對不起……！」

厚紙箱原地轉向，從搬貨用的手指孔可以看到她眼鏡底下淚汪汪的雙眼抬起來望著我。

話說，她一直擋在門前，害我沒辦法進去面談室啊。

要是連留級說明會都遲到，搞不好會被直接降級成一年級的說。

「厚紙箱沒有防彈能力啦。做好覺悟，衝進戰場吧。我來當前鋒。」

無可奈何的我只好表現出男子氣概——

把似乎是留級夥伴的中空知像搬家公司一樣稍微推到旁邊，將手放在通往面談室的拉門上。擦拭額頭滲出的汗水，深呼吸一口後……

「早……早安，學生遠山金次，來報到了。」

遵照規定先報上自己的名字，並拉開門踏入房內。

「還還還有、中空、痴。」

像個故障通訊器的中空知則是依舊蓋著厚紙箱，跟在我的後面。

在房內迎接帶著一個自走式厚紙箱、看起來相當滑稽的我的人物是——

端莊地坐在折疊椅上、一臉苦笑看著我們的前二年A班導師——高天原佑彩，以及同樣坐在一張折疊椅上、把穿靴子的腳翹到桌上瞪過來的前二年C班導師——蘭豹。

「好，那你們請坐到這裡來。中空知同學，妳還好嗎？呃……其實教務科直到最後的最後都在議論，但很可惜的是，最終依然決定今年要讓兩位留級二年級了。」

「這兩個廢物，沒事增加我的工作。乾脆主動退學不就好了！」

房門才剛關上，氣氛就變得非常不歡迎我們這兩個吊車尾。雖然也是理所當然的啦。

我聽到蘭豹這句話，的確有湧起『乾脆再退學一次吧』的念頭。然而之前在東池袋高中我就明白了，自己是沒辦法適應普通高中的。

再加上……獅堂那些人隱約透露的那件事……

如果我老爸真的還活著，那麼我必須跟檢察局或前公安零課繼續保持關係。

在這方面上，我也還是當個武偵比較方面。因此現在我沒有離開的選項。

「哼！」

蘭豹「砰！」一聲把腳從桌上放下來後，邁步走過來——一把抓住我的頭髮，像猛獸在聞誘餌的味道般抽動鼻子。

「哦～遠山～竟敢宿醉來學校，你好大的膽子啊，嗯？」

看到蘭豹額冒青筋瞪過來的樣子，我差點就當場失禁了。不過……

「唉呀別這樣嘛，留級了難免會想喝酒消愁呀。但是遠山同學，你這樣壞壞喔？下次再犯就要處罰了。」

身為武偵高中良心所在的高天原老師決定不過問我這次的不良行為了。好、好險。

要是被通報，我這次就真的會被逮捕，然後武偵三倍刑啦。

「都給我退學啦！那樣處理起來比較輕鬆，你們也會比較鬆鬆啊！哼！哼！」

蘭豹用力踹著厚紙箱，讓中空知「咿嗚～原諒偶……！」地哭了起來。我不禁對她感到同情，於是……

「中、中空知！總之妳先站起來吧。來，通訊器給妳。」

我把自己的手機從被踹到歪歪扭扭的紙箱洞口放進去。

結果紙箱立刻「啪！」一聲打開，中空知彈起一頭黑髮從裡面誕生了。

而且搞不清楚是在跟誰通話似地把我的手機放在耳邊……

「——剛才真是失禮了。學生中空知美咲，前來報到。」

擺出立正站好的姿勢，口齒清晰地報上了自己的名字。這女人也夠奇怪的。

話說，把手機還我啦。用妳自己的不就好了。

後來，根據主要由高天原老師進行的說明內容——

在施行絕對封建主義的武偵高中，留級生可說是擾亂上下關係的問題人物，也就是礙事鬼。要是留級生的存在被發現，就會成為學弟妹的壞榜樣，搞不好還會讓整體高年級生都被瞧不起。

「……因此我要向兩位進行最終確認：你們繼續留在武偵高中的意願很強烈嗎？」

高天原老師也姑且詢問我們是否要選擇退學。

「是的……畢竟我之前在外面過得很不適應……」

「我也認為自己如果不是在武偵高中應該很難生活。」

聽到我和中空知這麼說，蘭豹便「我想也是！」地狠狠凶了我們一下。不過她雖然在生氣，卻還是對我們這樣的兩個人有繼續指導的意思。看來她其實人也頗好的。

「那麼，關於今後的問題——我們必須讓兩位走上比較嚴苛的路了。」

……比現在還嚴苛嗎……？

我和中空知聽到高天原這樣的開頭說明，都不禁嚥了一下喉嚨。

「東京武偵高中的內部規定是，留級生必須隱瞞自己是留級生的事實。因此，要請你們轉學到其他地區的武偵高中，假裝成新來的二年級生。」

原、原來如此……

「我們向全國的武偵高中詢問了收留兩位的意願後，有五間學校表示願意接受中空知同學。」

哦哦，中空知還頗受歡迎的嘛。

畢竟這傢伙只要有通訊器就能表現得比較正常，或者說甚至是個優等生啊。

「就請妳從札幌、仙台、神奈川、大阪、廣島這幾所武偵高中裡選擇一間。我個人是比較推薦距離最近的神奈川武偵高中啦。來，資料給妳。」

「謝謝您，老師。我明白了。那麼我就接受您的好心建議，選擇轉學到神奈川武偵高中了。」

……

…………

……然後……

……………我呢？

「呃～那我也是到神奈川武偵高中嗎？」

總覺得中空知收下高天原老師交給她的Ａ４信封後，氣氛上好像就結束了這個話題……於是我只好自己開口詢問，結果……

「你是神奈川武偵高中附屬中學的畢業生，去那裡會被認出來吧！」

蘭豹的短靴用力踹向我的脾臟。

「您、您說得對……！那麼，願意收留我的學校是……？」

看到我按著腹部東張西望的樣子，蘭豹深～深地嘆了一口氣，高天原老師也露出傷腦筋的表情……

「沒有。大家都拒絕了。」

「沒有學校啦！零間啦！」

「呃……！」

我也太不受歡迎了吧！

面對臉色發青的我，高天原老師若有深意地苦笑一下……

「老師們也很傷腦筋呢。通常要是國內沒有學校願意收容，就只能詢問國外的武偵高中接不接受留學生——但遠山同學在美國啦、中國等等很多國家都被設定為禁止入境人物了。」

國……國外……

那在某種意義上根本是被教育機關放逐國外嘛。而且即便如此也沒有地方可以收留我嗎？

「不過，唯有一間學校表示ＯＫ了。而且回應內容感覺非常歡迎你過去喔。」

哦、哦哦……！

「請、請問是哪裡？」

因為劣等罪註定要遭到流放的我戰戰兢兢如此詢問後……

「義大利的羅馬武偵高中。」

……義大利……！

這、這麼說來，那國家的確對我相當友善。

據說是因為我使用美軍淘汰下來的Ｍ９——也就是義大利開發的貝瑞塔Ｍ92Ｆ，在爆發模式下耍過各式各樣的射擊特技。然後那些影片又經由五角大廈（美國國防部）被洩漏到各國政府的諜報機關，讓那把槍在地下社會頗負盛名的樣子。

「所以說遠山，你留學啦。而且在羅馬武偵高中沒有隱瞞自己留級的必要，恭喜你啦，大白痴。」

到羅馬武偵高中……留學……！

和瑞士一樣，我同樣也沒去過義大利，因此對那裡只有從電影或電視看到的印象而已。

講到羅馬，我頂多只會想到梵蒂岡跟競技場。

話雖如此，但畢竟似乎只有那裡願意收留我——而且那是大哥也去過的場所。

換個角度想想，這搞不好是個好機會。我現在正被公安，或者說地檢的人盯上，因此出國留學也有亡命避風頭的副效用。

「我、我明白了。感謝老師們的好意。」

我模仿中空知的臺詞，並且對處裡這次的事情上想必辛苦過一番的老師們鞠躬致意。

「那麼，接下來要講到準備上的事情了。我們會安排讓中空知同學從下週開始就能到神奈川武偵高中就讀。至於遠山同學……你會講義大利文嗎？」

高天原老師拿出別的文件忽然對我如此問道，於是……

「Un po'（一點點）……不過我想光是日常對話應該都有問題。」

和麗莎在布爾坦赫生活的期間有透過猾經稍微學過一丁點義大利文的我——老實如此回答。

「那麼，就給你一個月的準備時間。請在這段期間學會義大利文。」

「一、一個月、嗎……」

「——靠毅力想辦法給我學會啦！」

也太強人所難了吧。不過大概是聽到我這樣的心聲……

「但是只靠毅力應該會很辛苦，所以我有透過武偵廳詢問過文科省……請對方介紹了一所位於千葉縣的學校，叫『美濱外語高中』。你就以外校旁聽生的身分到那裡的義大利文專攻學科學習一個月，這次要好好用功喔。」

尖端出版
www.spp.com.tw

高天原提出了這樣神一般的對應。跟某位香港黑道女的毅力理論簡直天差地遠啊。

「不過，外語高中那邊也需要十天左右的時間進行準備……所以在那之前，你就先以二年級的身分留在東京武偵高中上課。畢竟要是這段期間都記錄為缺席，我想遠山同學今年又會變得很傷腦筋，而且我們教務科事後也會挨文科省罵的。」

……二年級……也就是說，和風魔還有間宮那些人同學年。

還真難受啊。比起伊．U或是緋緋神的事情，在精神打擊上更重。

而我的精神狀態……

「遠山，你就靠變裝加上假名，從明天開始就讀二年C班。導師是我。要是讓我知道你身分曝光，就立刻退學。」

「遠山同學，雖然你變裝課的成績很差……但對不起喔，這就是規定。」

又進一步被蘭豹與高天原捅了最後一刀。

就在我表情變得宛如面臨世界末日的時候——

「不、不過，世界上也有學生因為留級成為契機，反而有了飛躍性的進步喔。所以兩位不要覺得自己是笨蛋或是廢物，要抱著希望，在新年度中好好加油吧！」

正因為是笨蛋廢物才會被東京武偵高中趕走的我和中空知這場留級生說明會，在高天原這樣的總結中落幕了。

——我必須在明天之前想出一套不會被二年級的同班同學以及蘭豹看穿的變裝才

行。

然而就像高天原所說的，我在偵探科的實習課中變裝術評價是E。變裝除了考驗技術以外，品味的影響也很大。而我就是缺乏那方面的品味。

打電話向麗莎確認亞莉亞她們不在後，我回到自己房間，在浴室盯著鏡子。

（不會被看穿的變裝……不會被看穿的變裝……戴眼鏡或是假鬍子之類的嗎……？）

連我自己都覺得自己怎麼光只會想到一些很沒品味的點子。

我換好衣服回到走廊，在麗莎的做菜聲當背景音樂中……

不經意看到了掛在牆上那幅克羅梅德爾女士的照片。

……不、不行不行。不可以啊，金次。

那的確是連理子都沒能看穿的奇蹟變裝，但萬一被那些三年級的看穿，別說是好不容易延續的高中生活而已，我整個人生都會完蛋的。

（可是，我又想不到其他點子……！）

就在我抱著頭坐在餐桌旁苦惱的時候，麗莎把做好的午餐端來了。

番茄湯煮白菜捲，毛豆玉米粒拌飯，還有沙拉。

於是我和穿著水手女僕裝的麗莎一起享用這些看起來很健康的菜色……

「喂，麗莎。」

「是，主人。」

「麗莎學姊。」

「是？」

「我留級了。」

「唉呦。」

聽到這樣的大事居然只用一句『唉呦』就接受的麗莎也真強啊。

雖然她翠綠色的眼睛睜得大大的，表情看起來有感到驚訝就是了。

不過在遇上危機時有個能保持冷靜的商量對象真是幫上大忙啦。

「另外我還被地檢盯上，然後亞莉亞和白雪也在追殺我。」

「那還真是辛苦呢。不過優秀的男性難免忙碌，如果有什麼麗莎可以幫上忙的事情，請主人不用客氣儘管說。」

麗莎把手放在她柔軟的巨乳上，對我表示恭順之意。

我接著把教務科的命令下必須變裝的事情告訴她後……

「我現在的同伴就只剩妳和理子了。可是如果我請理子這十天都幫忙我變裝，她肯定會向我收取高額的費用。所以麗莎，幫我出些點子。」

聽到我這麼一問……

「那就只有克羅梅德爾小姐一個選擇了吧。」

「唯獨這個選擇我絕對不要。」

「麗莎能明白您排斥的心情。可是主人，從明天開始的這十天想必將會是您留學生活中最初也最大的難關。請您把學業跟羞恥心放到天平上衡量，再考慮一下究竟哪邊比較重要吧。」

……妳之前是不是也講過一樣的話啊？在布魯塞爾的地下道。

雖然有種被麗莎哄騙的感覺，但畢竟我想不到其他好點子——而且扮成克羅梅德爾也有別的好處，就是應該連前零課那些人都能騙過去。

獅堂為了把我抓為他部下，想必現在也暗中繼續在進行什麼行動。要是讓他們重新做好政治性準備然後再度到武偵高中來堵我，就完蛋了。

不過，如果我根本就不在學校，他們也沒得抓人吧。

於是我為了撐過這要命的十天——在麗莎一句「為了不要穿幫，請來訓練一下吧。」的建議下，不得已只好從衣櫃深處把假髮拿出來了。

接著在麗莎幫忙拿好的鏡子前，我把那頂比戴上戰術頭盔時還需要覺悟的假髮戴到頭上……很不可思議地，光是這樣看起來就像克羅梅德爾小姐了。

「Mooi（太棒了）！主人果然很有才華呢。是被女裝之神選上的人物呀！」

那是什麼神明啦？

「……」

感到不太高興的我，為了預防有人忽然闖進來而走向玄關要扣上防盜鍊，結果……

麗莎也跟在我後面，然後「嗯……」地像隻鴿子一樣歪頭思索起來。

『什麼啦？』

我用眨眼信號詢問後，麗莎似乎也在武偵高中學過而明白了我的意思……

「走路方式還是很男性化呢。」

『那又沒關係。』

「不，那樣會被識破的。麗莎到日本來之後就發現，日本比起荷蘭，男女之間的動作差異更大。」

『這樣啊……』

「如果舉止和表情上做得不徹底，就不能算是完美的女裝者。今天就讓麗莎來指導主人成為一名女性吧。」

誰要成為什麼完美的女裝者啦！

我當場沮喪地四肢趴到地上，麗莎則是很有女人味地併攏雙腳蹲到我旁邊……

「主人，無論主人變成了怎麼樣的外觀，麗莎永遠都是主人的女僕。麗莎相信主人肯定可以跨越這場上天給予的試煉。請不用擔心，主人一定能夠改變的。性別差異只是個小問題呀。」

那是根本性的問題吧！

話說，上天也給予我太多試煉了！稍微分散給世上其他人行不行……！

忍不住像個女人一樣哭起來的克羅梅德爾小姐……這時忽然想到一件事，而用非常小的聲音詢問麗莎：

「對了。聲、聲音要怎麼辦？」

我雖然在偵探科也有學過變聲術，但獲得的評價同樣只有C，遜得可以。

如果是像現在這樣小聲講話還勉強可以裝得有點樣子，可是正常聲量講話應該就會穿幫了。

「唉呦，您現在聽起來是女性的聲音呀。」

「只有小聲才行啦。」

「才行『的』。」

「只有小聲才行的。」

「小聲講話感覺很可愛，不是很好嗎？在日本也有聲音小的女孩子比較惹人憐愛的看法呀。」

什麼惹人憐愛要素，我根本不想要的說……

「好啦，主人，就和麗莎兩個女孩子一起來練習吧。」

被麗莎牽起手，帶到洗手臺鏡子前的克羅梅德爾小姐——

嗚哇！想哭的眼睛水汪汪的超可愛。讓我死吧！

「來，笑臉。」

……這樣嗎？嗚哇，該死的可愛。

「來，害臊。」

……這、這樣？嗚哇，我都怦然心動了一下。這哪裡來的美女啊。

話說，其實我只要練得精一點，根本不需要什麼幻夢爆發就能靠這招自己進入爆發模式了吧？習慣之後還能跟加奈小姐姊妹倆一起嘻笑呢。哦哦，我差點一時衝動把舌頭咬斷啦。

隔天早上──二年級的開學第一天到來了。

和遭到魔女連隊處以死刑的那天抱著同樣心情醒來的我……換上麗莎昨天到裝備科的夜間櫃檯幫我買來的一套長度最長的防彈水手服。胸部就塞紅豆麵包掩飾過去吧。

雖然我覺得去年二年級第一天和亞莉亞相遇已經是人生中最糟的一天了，沒想到這次更糟。世間凡事，壞還會有更壞呢。

而三年級的開學班會似乎比二年級還要晚一個小時才開始的樣子，於是……

「那麼主人，祝您路上平安。即使學年班級都不同，麗莎的心依然與您同在的。」

在彷彿送士兵出征似的麗莎送行下，我穿著全身上下都長到不行的制服踏出家門。

（我還是第一次外出會這麼緊張的啊……！）

走向公車站牌的路上，到處可以看到應該是一、二年級的武偵高中學生。

光是擔心何時會被人大叫「嘿～這傢伙是男的啊～！」讓人生毀滅，就恐怖得全身發抖起來了。

畏怯的克羅梅德爾小姐搭上學園島的循環巴士後……為了不要引起注意，選擇坐到最後一排的角落位子。畢竟萬一遇上鹹豬手什麼的，就會當場完蛋啦。

然而，無論是在公車站或車廂內……

或者下車後走進熟悉的二年級一般科目大樓……

完全沒有一個人發現我是男的。大家都只以為是個女孩子走在那裡。

這樣其實也頗讓人心靈受傷的。

接著，我走到一般科目大樓的教職員室——敲敲門牌上寫有『蘭』字的門並走進去後……

「嗯……啊？妳是誰，轉學生嗎？長得還真漂亮啊。」

在那小房間的椅子上讀著柏青哥攻略書的蘭豹立刻把叼在嘴上的葫蘆酒瓶藏到自己背後。一大早就在喝酒啊？虧妳有臉罵我。

「不是的……我是留級生……」

「啥？」

只有臉蛋長得漂亮的蘭豹把那張臉靠近我面前……「嗯……？」地思考起來。似乎壓根不覺得我是個男的。

「……我是遠山金次……」

聽到不禁淚眼汪汪的我用原本的聲音這麼一講——蘭豹當場全身跳起來，大吃一驚後，把手放到自己額頭上……

「嗚哈哈！真是被你將了一軍啦！沒想到居然來這招！你這傢伙有才華！美人，大美人啊！吁～笑得我肚子都痛起來了～！」

讓她頭上那一大搓馬尾不斷亂甩，捧著肚子笑到在地上打滾了。真是失禮的人呢。

後來，我跟著還在「噗……噗噗」地笑的蘭豹，走向二年C班的教室。

武偵高中的學生是──一年奴隸二年鬼，三年成閻魔。但我沒當上閻魔，又被踢回去當鬼，而且還是個女裝鬼。哦哦，又不小心把手伸向手槍了。明明我就算用槍射頭也不會死的說。

不過，這真是有夠悶的……居然要跟去年瞧不起的那些學弟妹當同班同學。

雖然我知道只是白費力氣，但為了不要讓別人看我的臉，或是跑來搭話，我還是誰都不要看好了。反正之後也會知道班上究竟有誰嘛。

「喂！小鬼們，快給我進教室去，小心我斃了你們！」

因為時間快到的關係，蘭豹對還在走廊上的學生們又是用腳踢又是拿刀戳地把他們趕進教室。校內網路上雖然姑且有指定座位，但畢竟不是強制的，因此克羅梅德爾小姐為了不要引起注目──坐到了最後一排最右側的椅子上。

「好～班會開始啦！你們運氣很～好，是由溫柔善良的我當你們的班導。雖然班上……噗哧哧……也有幾個熟面孔，不過我還是自我介紹一下。我姓蘭名豹，叫蘭豹。」

蘭豹妳這混帳，不要一下就看著我笑啊。這樣不是會引起注意嗎？

「好，那個坐角落的！從妳這轉學生開始自我介紹！」

露出賊笑的蘭豹忽然指名我了……！

不過事到如今也沒有退路。上吧，站起來，克羅梅德爾！

我從座位上「喀啦」站起來後……

大家紛紛把頭轉過來。光是這樣就讓我想投降逃跑了，但我怎麼可以輸給這群二年級的！雖然我也是二年級就是了。

「……我是來自荷蘭的克羅梅德爾．貝爾蒙多……是日僑。請、請多指教。」

我用昨天麗莎幫忙想出來的假名小聲自我介紹後——

不管男生女生都「嘩……」地發出莫名其妙的歡呼。

什麼？什麼？穿幫了嗎？

就在克羅梅德爾的額頭滲出汗水的時候……

「好漂亮。」「好可愛。」「超美的。」「真是沉魚落雁是也。」「好想守護她！」

整個班級的人都誇獎起來。而且不是在諷刺，是真心的。

我不禁抱著想當場消失的心情坐回位子上。話說，我剛才因為聽到風魔的聲音而環顧了一下才發現——在二年C班——有啊，有我認識的人啊，而且好幾個。

包含那些人在內，二年C班的學生們一一輪流自我介紹著——

首先，是亞莉亞之前的戰妹間宮明里，她就坐在我旁邊的座位上。我應該要好好確認別人的臉之後再挑選位子才對的。

接著是去年冬天叫貞德幫忙畫漫畫的那個陰沉女——雖然想當然是有隱瞞身分不過其實是來自伊・U的鈴木桃子。

再來是我不禁在想『妳至少要發現吧！不，拜託妳別發現啊！』的風魔陽菜。

然後最最糟糕的女人是——

「我叫遠山金女。喜歡的食物是牛奶糖。」

露出可愛的笑臉自我介紹的……金女……！糟糕，這太糟糕了。

雖然之前有三個不知道是在玩扮妹妹遊戲還是什麼的笨蛋（亞莉亞）、白痴（白雪）、蠢貨（理子）三人組自稱是姓遠山，但現在這傢伙真的就叫遠山金女。不能被親妹妹識破，這難度也太高了吧。我不知道在這麼小的教室中究竟能努力到什麼地步，但我還是盡量不要跟她有接觸比較好。

「另外，我喜歡的人是哥哥。」

聽到把雙手放在兩邊臉頰的金女一臉羞澀地說出這種多餘的補充事項……

班上的人都「啊哈哈，真是黏哥哥的妹妹～」地笑了起來。

什麼『啊哈哈』啦你們這群白痴。那傢伙的黏哥哥是『喜歡到會拿菜刀追著跑』的莫名其妙等級啊。唉呀，雖然那個哥哥現在已經變成姊姊了啦。

折磨心臟的班會結束後……進入休息時間。

結果立刻就有郵件寄來了。

我把手機藏在桌下偷偷一看，是風魔寄來的。明明我人就在這裡啊。哦，對了……因為風魔不知道克羅梅德爾就是我，所以是寄給她以為不在這裡的我。講解起來真是混亂。

『掛在師父房間牆上的那張神祕照片中的女人名叫克羅梅德爾・貝爾蒙多。現在她人在東京武偵高中二年C班，與在下成為同窗是也。』

我知道。

不過這也證明了風魔並沒有發現『我＝克羅梅德爾』這項驚人的事實。在這點上讓我鬆了一口氣。但即便如此，風魔依然是害我穿幫風險很高的礙事人物。我一時還想說要不要派風魔來趕人，可是她已經不是我的戰妹，我不能再命令她。而且仔細想想要趕走的對象就是風魔本人，在物理上也是不可能的一件事。這生活還真是花腦筋呢。

「克羅梅德爾同學，要不要吃葉子派？」

這時忽然有女生向我搭話，害我嚇得趕緊把手機關上。

「啊，對不起。別擔心，我沒有看到妳的郵件內容喔。」

拿著一個點心袋子對我苦笑的是——間宮、明里……！

「那該不會是妳男朋友寄來的信吧？看妳好像很慌張的樣子呢。」

然後跟著間宮一起來到我面前的，是佐佐木志乃。我以前在偵探科看過，是個黑色長直髮的女生。

「……才、才不……不是那樣的……我沒有男朋友，或者說我一輩子都不想要……」

克羅梅德爾小姐頓時變得像中空知一樣結結巴巴，驚慌地說出了多餘的話。

「一輩子都不想要？可以詳細告訴我一下理由嗎？」

嗚哇，同樣是黑色長直髮的鈴木桃子對我的話做出反應了。為什麼啦？

不過，多虧這三人成為人牆擋在我面前的關係——讓那群看起來想要跟克羅梅德爾搭訕的男生們只能作罷。看來這三人是為了保護我免受那群人騷擾的樣子。只要沒看穿我的真實身分，我倒是很感激她們的這項行動。畢竟要是被男生稱讚什麼「妳好可愛」，我應該會衝動開槍吧。

然後，間宮、佐佐木和鈴木分別說著「我們這些人從一年級就是同班喔。」「感情很好呢。」「關於一輩子不想要男朋友的事情，請妳再講詳細一點。」地對我搭話，但克羅梅德爾小姐光是想到會不會穿幫就提心吊膽了，連葉子派也沒心情吃。

認為出聲講話應該會很危險的我……本來想說要不要像之前在倫敦史坦斯特機場入境審查時那樣用筆談，可是萬一筆跡被偵探科的佐佐木志乃看穿也很糟，於是……

『我喉嚨不太舒服，不能講話。對不起。』

我用手機打字後，把畫面拿給她們看。

這樣會不會太失禮了？我不禁擔心會惹對方生氣，不過……

「哇，我才該道歉呢。對不起，我都沒注意到，還這樣勉強妳。」

呃，間宮其實個性很好嘛。只有面對女生的時候。

我心中才這樣想完沒多久，間宮和佐佐木她們聊天的內容就——

「聽我說喔，我前天到亞莉亞學姊的房間時……」

提到亞莉亞——擦碰到跟我有關的話題了……！超恐怖的……！

「我看到學姊好像有點坐立不安，就故意留下來陪她。沒想到學姊卻罵我『妳要待到什麼時候啦！快給我回去念書！』然後對我開槍了。就在我覺得肯定事有蹊蹺而繼續賴著不走的時候，我收到了麒麟寄來的郵件。」

不妙……這話題不就是關於我的事情嗎？她講的『麒麟』應該就是指島麒麟吧。

話說，間宮模仿亞莉亞還真像。

「裡面居然說那個遠山金次就在峰理子學姊的地方呢。」

喂，妳直呼我的名字也太自然了吧？

「——根據麒麟所說，遠山金次和峰理子學姊似乎有一腿的樣子！所以我馬上把這項頭條消息告訴了亞莉亞學姊。」

果然是妳幹的好事！宰了妳……！我要宰了妳……！

「結果不知道為什麼，我又被開槍了。不過亞莉亞學姊看起來是氣到噴火，所以我想她和遠山金次的不純關係應該已經決裂了。也就是說，我從邪惡軸心手中拯救了亞莉亞學姊，很棒吧？」

「做得好，間宮明里。妳做了一件很好的事情。畢竟男女關係全都是不純潔的。」

「是、是這樣嗎……」

間宮把我和流氓國家相提並論然後得意洋洋地挺起胸膛，鈴木一臉認真地提出莫名其妙的主張，佐佐木則是露出僵硬的表情全身顫抖。

雖然去年有個開學第一天就在教室開槍的白痴（亞莉亞），不過今年的二年級也有白痴（間宮）啊。

人常說戰姊妹總是會很相像，看來是真的呢。

就在我努力壓抑著想要當場揍扁間宮的衝動時……

「呃，克羅梅德爾同學，請問妳怎麼了嗎？臉色看起來不太好喔。」

佐佐木忽然對我搭話，讓我回過神來。

如果現在是和間宮一對一的狀況，我應該會顧不得自己在假扮克羅梅德爾，直接騎到她身上痛毆她一頓的。但佐佐木——的父親是個武裝檢察官。

這傢伙今後在我追查老爸相關情報的行動中有可能成為一個起點。

因此痛毆跟她似乎感情很好的間宮，讓她和克羅梅德爾變成敵對關係應該不是一件好事。

間宮明里，算妳撿回一命。於是——

『我覺得那樣做並不好……』

我只是在手機上打了這樣一句話，拿給間宮看。雖然她對我露出一臉「？」的表情就是了啦。

二年級的課——上起來頗無聊的。

畢竟就算是我也還會記得一年前才學過的東西。除了保健體育以外。

因此現在的感覺就像從吊車尾一口氣變成了班上的優等生。不過這其實就跟落後別人一圈卻假裝自己在領跑而內心暗爽的賽跑選手一樣，有夠遜的。

——讀著跟去年一樣內容的現代文教科書，我的思緒不禁飄向別的地方。

（老爸……）

獅堂和那個連姓名都沒報上的武裝檢察官講過的話……讓我非常在意。

然而就像那個武裝檢察官所說的，我如果想得到有關老爸的情報，就必須先成為武裝檢察官才行。

武裝檢察官是維護國家安寧的重要職業，其活動內容在現況下已經相當保密了，國家甚至還在討論是否要訂立名叫『特定機密保護法』的法案，好正式向外界隱瞞——可說是政府的重要機密。只要那條法案通過，我應該就真的完全無法得知其詳了，即便那是有關自己父親的事情。

可是……想成為武裝檢察官，是非常困難的目標。

雖然最近我們也有收到參加武檢選拔的邀請，但那其實是騙年輕人用的偷吃步手段。

如果要照正規手段，沒有先從東大法學系之類的地方畢業就根本不可能。

然而，能夠考進東大的傢伙都是從國中，甚至從小學的時候就開始努力念書了。

如今才想追上去簡直是天方夜譚，更何況我還留級了啊。

唉……鬱悶嘆息的克羅梅德爾小姐——因為現代文的課結束了，於是把教科書收起來的時候……

「——好，男生們起立！今天女生更衣室因為窗戶被誤射打破了，所以女生要在教室換衣服。各位快點出去。」

剛剛在班會中被選為班長的女生——高千穗麗大聲號令，於是我從座位上站起來，準備走出教室——啊！糟糕！我不小心就跟男生們一起行動了！

不過以為我是歸國小孩的問宮只是露出苦笑叫住我。

「哈哈，克羅梅德爾同學，『男生』是『Men』的意思喔。」

我知道啦。

就在我這麼想的時候……

高千穗把我眼前的教室門用力關上，連窗簾也是。

於是，現在二年C班的教室中——只剩我和所有女生。

然後從我背後……

「為什麼裝備科的販賣部賣的體育服是布魯馬啦？雖然穿起來是比較好動沒錯。」

「學校向校外募集贊助用的宣傳本封面上就是穿布魯馬的女生喔。」

「果然是因為那樣！啊，姬良良的內褲好可愛～！」

女生們、開、開、開始換衣服的、聲音、傳來了……！

……這……這、這下遇上大危機啦！

別回頭，絕對不要回頭啊，克羅梅德爾。要是在這種情境下——而且以克羅梅德爾的狀態爆發，後果可是連女裝之神都無法預測！

雖然已經講得很囉嗦了，不過爆發模式是為了傳宗接代的能力。即便我相信自己對年紀較小的對象不會有興趣，但一般來說——男性在本能上通常會喜歡能夠比較長期生產小孩的年少女性。

而現在這裡的女生們全都年紀比我小，以理子風來形容就是水嫩水嫩的。

（我必須找地方迴避才行……！）

可是如果像以前逃出亞莉亞的魔掌時一樣從窗戶跳出去，未免太莫名其妙而容易引人注目。

要逃到廁所嗎？不，我沒辦法進去女生廁所，但光明正大走進男生廁所又會被叫成痴女，變得一輩子都嫁不出去的。雖然我也不能嫁人就是了。

「咦？妳怎麼啦，克羅梅德爾同學？」

「臉好紅喔。而且還沒換衣服——啊哈！是在害羞嗎？明明大家都是女生呀。」

「話說妳還好嗎？這麼說來，妳剛才好像也不太舒服的樣子，是肚子在痛嗎？」

女、女生們聚集過來了……！又是只穿內衣，又是穿布魯馬的……！

雖然現在是同學，但這群該死的前學妹們。還真會關心同伴嘛，可惡。

不過人說置之死地而後生。我利用女生們剛才的發言，立刻抱著肚子蹲了下來。

臉上則露出難受到沒辦法上體育課，不過又沒有嚴重到需要衛生科的學生來檢查治療的程度。

「……」

本來以為這些女生會對唯獨在裝病這件事情上從以前就很拿手的我感到傻眼的——沒想到她們感覺好像明白了什麼事情的樣子，體恤我似地不知在竊竊私語些什麼。

然後身為保健股長的救護科女生就……

「我跟體育課的老師聯絡看看喔。啊，是蘭豹老師呀。」

拿出手機，打一通電話給蘭豹後……

「蘭豹老師不知道為什麼笑得超誇張的。明明每個月都很辛苦的說，真過分呢。不過老師說妳可以在旁邊觀摩喔。」

她說出了這樣一句神祕的發言。怎麼？蘭豹和妳們的身體每個月都會出什麼問題嗎？我的身體倒是沒有那樣的機能啊。

不過既然說體育課可以在旁邊觀摩，我就不用換衣服了。真是撿回一命。

這麼一想，心跳也就平靜下來……

於是我坐在教室角落的椅子上，等待這段拷問時間過去。可是……

「嘿呀！哈哈哈！」「好痛！要揉就溫柔一點啦！」「啊～真是的，放太久都積灰塵了～」

那群人又是很沒氣質地大笑，又是互抓胸部，又是把穿在身上的裙子搧呀搧的。女生們一旦周圍沒有男生，就變得比男人還男人啊。看到這種情景，幻想都會破滅的。雖然我也沒懷抱什麼幻想就是了。不過多虧如此，讓爆發性血流也退了下去，算是好事一件吧。

（這也是因果報應嗎……）

去年第二學期的時候，我看到扮男裝的華生不進游泳池，而當時還不知道她是轉裝生的我就和武藤稍微捉弄了她一下——結果現在輪到我接受報應啦。

對別人怎麼做，總有一天也會回到自己身上。為了今後著想，我還是對人溫柔一點好了。

正當我想著這些事情的時候……

「克羅梅德爾同學又漂亮又有氣質，應該很有異性緣吧？」

「我懂我懂，就是那種理想女性的感覺。」

「真好～我也想要變得像克羅梅德爾同學那樣～」

明明我是男生的時候飽受惡評，現在我耳朵卻聽到女生們對我評價很高的對話。

不過我現在是對人溫柔的克羅梅德爾小姐，就放過她們，不要開槍掃射吧。

我把眼睛焦點固定在遠方的牆壁上，將注意力從開腳跳過防彈跳箱的那群水嫩女生們身上移開——結束了這節體育課，或者說盯牆壁的觀摩課。

接著回到教室上完數學課後，總算來到午休時間。

打算去學生餐廳的我起身搖搖晃晃地走出教室……

「咿……！」

一不小心就發出聲音啦。因為亞莉亞學姊竟然就在二年C班的教室前……！

眼神看起來好像在找誰，或者說肯定是在找我的亞莉亞被二年級女生問了一句「咦？小學生？是迷路了嗎？」就把對方用過肩摔丟出窗戶了。不愧是當上閻魔的三年級生。把區區的鬼毫不猶豫就從三樓窗戶丟出去的亞莉亞學姊，接著便注意到宛如遭遇獅子的斑馬般全身僵住的克羅梅德爾。

「……咦？」

不──不要殺我！

「妳是我家那張照片裡的人吧？原來妳是武偵高中的學生。」

然而……亞莉亞卻沒有發現克羅梅德爾就是我。多虧變裝讓我撿回一命啦。

亞莉亞接著露出『那麼這女生應該認識金次吧？』的表情……

「我在找個人，妳去幫我把他叫過來。這班上應該有個很陰沉、眼神很凶、愛拈花惹草的男生吧？」

那就是在講我嘛。雖然她大概是因為猜到我要是穿幫就會被退學的事情，所以沒有把名字講出來就是了。

「雖然我想他大概有變裝，但應該是妳認識的人。」

「……嗚……」

「妳不知道嗎？講話呀！」

「……也……也不是說不知道，但是……要說是不是認識的人……在語意上恐怕有點問題……」

「妳說什麼？講大聲點！」

咿……！

「對、對不起，我人不太舒服……！」

無論如何都只能小聲講話的克羅梅德爾同學裝病逃走後，從背後傳來亞莉亞嘆了一口氣自言自語：

「果然還是留在房間監視比較快的樣子。」

亞、亞莉亞要常駐在我房間嗎……！那樣我不就回不去了！

光是因為理子的事情就已經讓我不能被她見到了說，更不要說是用這身打扮啦……！

後來我一邊用手機搜尋露宿野外的方法，一邊從學生餐廳走回教室的路上——在一樓的小教室裡好像有一群二年級的男生們邊吃便當邊聊天的樣子。雖然不知道為什麼窗簾緊閉，但可以聽到他們開心的聲音。

真好啊，男生。我也想快點回到那一邊。

就在我不經意地聽著他們的對話，並穿過走廊的時候……

「聽說C班轉來了一個超級美女。在二年級的總選舉網站上也一口氣登上第一名了。」

「你是說克羅梅德爾同學對吧？那個日僑荷蘭人。攝影社偷拍的拍立得照片現在已經被炒到史上最高的價格了。」

「小克那種怕羞的個性最棒啦。習慣稍微沉著眼皮的表情，超讚的。她簡直是在武偵高中難得綻放的一朵清秀鮮花啊。」

……喂……我斃了你們喔？什麼小克？不要隨便給人家取綽號。

話說，你們居然完全沒有看穿我的變裝，以武偵來說也太糟糕了吧？

不，應該說是我身為武偵來說很強嗎？雖然我沒辦法向人炫耀就是了。

「這邊提供一項關於小克的新情報。我把她的名字拿去調查，發現在荷蘭有她的照片網站。英國和美國也有。」

「不愧是情報科。所以她果然原本是那邊的偶像之類的嗎？」

「不，我翻譯了一下，上面寫的是『在機場看到一名宛如天使的女孩』或是『應該讓她去參加選秀節目』之類的內容，所以應該只是一般人。然後各網站之間還有互相合作，組成了一個國際粉絲俱樂部。」

聽到那群笨男生的對話……

（呃……）

克羅梅德爾小姐又如少女漫畫的人物般大受打擊。接著又聽到「在日本也創一個粉絲網站吧」之類的提議，對情報戰很弱的我只能感到絕望了。就算制止他們應該也只會讓網站轉成祕密網頁，反而讓我找貞德之類的人去進行駭客攻擊時委託價格變得更高而已。

不過……我似乎在不知不覺間為荷英美三國的友善國際交流貢獻了一份心力的樣子。

各國政府的大爺們，關於我以前引起的各種問題，能不能就看在這點上一筆勾銷呢？

蘭豹有個壞習慣就是喜歡靠擲兩次骰子——一次橫排座位、一次縱列座位——來決定負責打掃教室的學生。而今年那個壞習慣似乎還健在的樣子，然後我就被命令放學後留下來打掃了。小克想回家卻回不了家呀，雖然也沒地方可以回去就是了。

從窗外可以聽到田徑社在慢跑的聲音。即使是這樣的一所學校，大家也都在揮灑著姑且算是健全的青春汗水……可是我卻穿著這種打扮在幹什麼啊？

而且這位克羅梅德爾的真實身分，是公認最不幸的二年級遠山。

今日負責打掃的學生有兩名，而除了我以外的另一個人——

「克羅梅德爾同學，桌子讓我來搬吧。打掃教室真是麻煩呢～」

好死不死偏偏就是把牛奶糖丟進口中的遠山金女小妹妹。

「……」

「美國的學校都是請人來打掃的。聽說只有日本才會讓學生打掃教室呢。不過大概就是因為這樣，日本人才能培養出愛乾淨的民族性吧。」

「……」

因為接踵而來的不幸而感到鬱悶的我默默拖著地板——結果金女「……？」地搔了搔她剪成短髮的後腦勺。

原來她想事情時的習慣動作跟我一樣。明明我也沒告訴過她的說。

後來我們兩人便不發一語地打掃了一段時間……金女忽然從我背後向我搭話：

「啊，對了，我聽說一個很有趣的電影話題喔，哥哥。」

「什麼話題啦？」

於是我——

——糟啦！

被金女用一聲『哥哥』套話，害我不小心就轉回頭，用男性聲音回應了……！

「果然！我才想說這女孩的特徵跟我之前在乃木坂聽佩特拉小姐形容的很像——」

就在金女露出一臉宛如向日葵的笑容時……踏！

我發揮出匹敵爆發模式時的速度衝到她面前，打開馬尼亞戈折疊短刀架在她的喉頭。

「——要是妳敢說出去，就算是妹妹我也不會放過。我想妳應該已經知道咱們學校很瘋狂，而現在校方有一項瘋狂的決定，如果我的變裝被人識破就會遭到退學處分啊……！」

面對眼神凶狠、露出本性的克羅梅德爾小姐……

「啊，我知道了。哥哥留級了，然後武偵高中的規矩是這件事必須保密對吧？」

這位人工天才小姐卻一點也不感到害怕，依然笑咪咪的。

而且從我簡短的發言中，連留級的事情都識破了。

領悟到再講下去只會自掘墳墓的我不禁當場跪倒在地。用女裝打扮。

「拜託……求妳不要說出去啊……」

昨天蘭豹說過『要是**讓我知道**你身分曝光，就立刻退學。』這樣一句話。但是以武偵高中流的解讀方式來講，那意思是就算曝光了，只要透過交涉之類的手段堵住對方的嘴就沒問題。即便是靠『求情拜託』這種沒出息的方法，只要這件事不傳到蘭豹耳中應該就ＯＫ才對……！

「嗯～讓我考慮看看喔～」

金女露出一臉捉弄人的笑容，把手放在自己背後，微微彎下腰看著我。

她、她究竟……在打什麼主意？

「唉～被妹妹抓到把柄囉～好傷腦筋對吧～」

——總覺得只有不好的預感啊。

可憐的克羅梅德爾……後來被帶到金女住的第三女生宿舍。

雖然我在路上被迫坦白了目前自己的各種現狀，不過我也換得了金女約定——只要我聽她的話，她就不會把我的身分洩漏出去。

來到一〇六號房門前的金女「鏘鏘～」一地張開雙手……

「來，這裡就是我的房間喔。然後從今天開始，也是克羅梅德爾的房間了！」

「我不太明白妳這傢伙在講什麼啦……」

感到極為不甘心的小克，連語氣都變得有點粗魯了。

「你就和我一起住吧。我不會收你房租的。」

「我拒絕。」

「是喔？哼～？這樣呀～？你不想呀～？真不合理～」

抬起眼珠對我賊笑的金女，感覺很習慣於威脅別人的樣子。

姊姊我都不禁擔心這孩子究竟是過著怎樣的人生啦。

「唔唔唔……」

「克羅梅德爾用那樣的打扮應該不方面出入男生宿舍吧？而且那個樣子不能借住在男生朋友的房間，自己房間又有亞莉亞學姊在監視，很危險呢。」

該死，這妹妹腦袋真好。

不過金女說得很對。雖然金女也是個很危險的女孩，但是要說她跟亞莉亞誰才是危險人物，亞莉亞還比較危險一點。

換言之，目前無處可歸的我……唯有待在這裡了……

於是我只好放棄掙扎，打了一通電話對麗莎下達「因為發生了一些事情，我決定躲在妹妹房間。妳把我的男生制服送到第三女生宿舍的106號房，我想快點換裝，盡速。」的指示。而且是小聲講話。

金女打開房門，點亮電燈後——我的心臟差點當場停止了。

一進門看到的，竟然就是我的偷拍照片被貼在牆上。天花板也有。然後對面櫃子上可以看到以前害我嚇呆的『哥哥布偶』新作品和『金女布偶』排在一起。更新的嚇人要素還有應該是我喝完丟掉的力保美達空瓶被保管在透明壓克力盒中，應該是我穿到鬆掉而丟棄的襯衫還像足球選手的制服一樣被掛在牆上。這裡到底是什麼地方？遠山金次博物館嗎？

「我說妳啊……！這種東西快點收拾掉啦！這樣不是住起來很不舒服嗎！」

就算是一朵清秀鮮花的克羅梅德爾小姐也忍不住發飆起來，但金女卻依舊保持著笑臉……

「嗯！反正現在不是照片，而是真的哥哥在這裡嘛。來吧，哥哥，妹妹就在你眼前喔？是剛回到家的妹妹水手服喔？裙子底下是妹妹布魯馬喔？因為體育課的時候我就有點在懷疑克羅梅德爾了，所以預測到這樣的展開，為了讓哥哥開心，故意沒有脫掉的。來，掀起來看看吧？」

把百褶短裙左右拉開的她，剛進玄關就開始莫名其妙地勾引我了。

話說，什麼是妹妹水手服還有妹妹布魯馬啦？那我這套難道就是哥哥水手服嗎？

「這傢伙……不要看我乖乖聽話就得意忘形了。」

「痛！哥、哥哥好過分，怎麼忽然頭槌人家嘛。」

金女對我用力鼓起了腮幫子。

「哦，不好意思啦。那我這次會把頭慢慢往後縮再敲妳，妳可別躲開喔？」

我說著，把戴長假髮的頭往後一縮。可是……

「我想想喔～既然是哥哥又是姊姊，我以後就叫你『哥姊姊』好了。在**班上**。」

金女立刻打出這張最強的王牌，害我不得不中斷頭槌懲罰了。

「唔、唔唔……這傢伙……」

「那麼，為了怕羞的哥姊姊，我就自己掀起來給你看吧。要仔細看喔，我會一點點、一點點慢慢往上拉……」

「呃、喂！住手！」

「為什麼？難得只有兄妹自家人，就一起來享受這段時光吧？來，快點蹲下，不要把視線別開。用那個打扮和我悖德一場吧？」

「普通的兄妹才不會享受這種事情啦！還有悖德是形容詞，不是動詞！」

金女緩緩拉起她的裙子，一步步逼近過來。在狹窄的玄關無處可逃的我，不禁對自己在這樣的打扮下、而且對親妹妹開始加速的血流感到恐懼起來——

——鈴鈴、鈴鈴。嘰……

就在這時，湊巧和昨天一樣忽然有腳踏車的聲音傳來。

不過那不是亞莉亞騎得比機車還吵的越野腳踏車，而是麗莎騎的淑女車。

然後在敲門聲之後，房門「喀嚓」一聲被打開。

「主人，我把您交代的東西送來了。接到電話時我剛好就在乾洗店領衣服——」

麗莎拿著還掛套在衣架上的男生制服，看到正掀起妹妹裙子的金女以及聽從命令不得不蹲下身體的我，瞬間僵在原地——

「她是誰？哥哥的關係人嗎？」

然後對放下裙子把手交抱到胸前的金女很有禮貌地鞠躬致意。

「非常抱歉，打擾了兩位遊戲。我叫麗莎・艾薇・杜・安克，是令兄忠誠的女僕。請您放心，關於主人家庭內的任何祕密，女僕都不會對外洩漏的。」

「妳、妳誤會了！這是那個白痴妹妹——」

「自古以來，血統高貴的家族中這樣的事情並不少見。請讓我再次對兩位致上最深的歉意。」

……完全誤會了非常嚴重的事情，又基於女僕的忠誠心把那誤會深藏到心中的麗莎，將男生制服掛到內側門把上之後，就這樣關上了房門。

話說麗莎啊，雖然是多虧有妳讓我得救了，但妳卻對金女的行為表現得很肯定嘛。

那傢伙應該是察覺出金女的凶暴個性，所以保護自己免受攻擊的吧？真是敏銳。

我換上男生制服，並且叫金女把關於我的收藏品全部收拾起來，才總算能夠好好休息的時候……

「剛才我好像從哥哥身上聞到峰理子的氣味喔？」

從廚房傳來正在洗手的金女不悅的聲音。

怎麼連她也這麼敏銳啦！我昨天明明就有在自己房間沖過澡的說！

然而金女畢竟是我的妹妹，所以鼻子跟我一樣靈吧。

「應、應該是因為昨天我跟她推擠了一下？」

「我聽間宮明里說，好像有謠傳哥哥和峰理子在交往喔？」

既然妳知道就不要問得那樣拐彎抹角的嘛！害我撒了多餘的謊言。

話說間宮那渾蛋，把謠言流傳得太快了吧。

「呃……那是……因為理子叫我參加她的生日派對，所以我才去陪她的。可是世間對『陪』這個詞的主流用法好像跟我習慣的解釋不太一樣（註3）。」

「這件事我目前正在調查中。根據調查結果，我可能會把峰理子殺……收拾掉喔。」

妳現在是不是說了『殺』什麼的……？

而且妳明明就沒有在切菜，是從哪裡變出那把菜刀的啊？

「妳、妳在生什麼氣啦？」

註3　日文中「陪某人做某事」與「情侶交往」皆為「付き合う（tsukiau）」。

「我才沒有生氣。」

金女朝我的腳用力踩過來，於是我在千鈞一髮之際躲開……結果地板當場被踩出了一個凹洞。

「妳明明就在生氣吧！話說，不只是對理子而已，對任何人都不要隨隨便便就想殺……想收拾掉啊！我以前不就交代過妳了！」

「人家真的沒有生氣嘛。你看。」

金女再度對我露出可愛無比的笑臉。但是在剛才這一連串的互動之後反而更嚇人啦。

「而且我知道哥哥和峰理子交往——只不過是『為了逃避自己把妹妹視為異性對象的心情所以找別的女人交往，可是卻被那女人說了「你眼中看的人根本不是我，你愛的是其他和你更為親近的人物！」這種話，然後才明白自己真正喜歡的還是妹妹。』這種展開的其中一小段插曲而已。」

「我完全聽不懂妳到底在講什麼……但我明白妳是個非常正向思考的人了。雖然我本來就知道這件事。」

「那麼哥哥覺得我和峰理子誰比較好？」

「什麼叫『那麼』啦！不要靠近我。太近了，臉靠得太近了啦！還有菜刀！把菜刀放下！」

「哥姊姊，回答我，現在馬上回答我！三、二、一，來！」

「金女！」

我這句『金女！』是為了訓斥她才大叫她名字的，可是──

「嘿嘿～太棒啦！那好，我就放過她。哥哥真的好喜歡妹妹呦～好悖德呦～」

金女卻完全當成是自己被我選上，而開心得蹦蹦跳跳了。手上還握著一把菜刀。

後來到了黃昏──

「為了讓哥哥不要又留級變成人家的學弟，讓我教你功課吧！」

金女說著，把教科書放到她拿來當成矮桌使用的將棋桌上。有夠教人火大的。

不過，她的確是學力早已能大學畢業的人工天才。

一方面也考慮到武裝檢察官的事情，對讀書變得比較積極的我因此回了一句「那妳就教教我吧。」並坐到棋桌前……

「只要答對問題，我就給你獎賞喔。哥哥，加油加油！」

金女也一屁股坐到我對面，結果讓她的裙襬飄了一下。那絕對是故意的吧？

「……呃～這個函數是……」

就在對理科特別不行的我連面對二年級的數學問題都感到棘手的時候，金女雖然

「加油加油，哥哥加油，專心專心♪」地不斷為我打氣，但妳就不能明白妳那樣穿著短裙還有點兩腳開開跪坐在我前方，會害我沒辦法專心嗎？

而且我問她「這題證明題要怎麼解？」她卻給我「咦？哥哥連這都不知道嗎？這

麼簡單的反而讓人不知道該怎麼教呀……」這樣的回答。太過天才的人在扮演老師的性能上反而很糟的樣子。到最後，她變得只是在面前一直盯著我看……

「幹麼啦……不要一直盯著看。」

「嘿嘿～哥哥好帥喔。」

「又留級又扮女裝的哥哥哪裡帥了啦……」

「我好喜歡哥哥。」

從頭到尾就是這個調調，根本就是在妨礙我了。

這樣我完全沒辦法念書啊。明明我今後必須更用功才行的說，可是卻沒有老師指導……

就在我感到煩悶的時候——忽然想起了一件事。

有啦，在武偵高中還是有老師啊。而且不是教務科那群人生失敗的教師們，而是……

（……萌老師！我向她求救吧。反正再這樣和金女兩人獨處下去，也不知道她究竟會對我做出什麼事。）

於是我對金女努力說明讓她接受，並且千叮嚀萬交代她絕對不可以做出攻擊性的行動後——把望月萌叫過來當援軍了。順便還找了可以幫忙監督的鏡高菊代。

在第三女生宿舍的上面樓層共住一房的那兩人很快便來到金女房間……

「哇～遠山同學的妹妹好可愛！我是望月萌，叫我萌可以囉。請多指教。」

「這孩子再長大些應該就會變得很有女人味了。我叫菊代。」

「萌學姊，菊代學姊，初次見面，我是遠山金女。家兄平日受兩位照顧了。」

金女搖曳著一頭短髮，很有禮貌地四十五度鞠躬。開始裝乖啦。

「我妹的事情就放到一邊。有件事我要先拜託妳們保密，那就是我留級了，而且現在還面臨可能被退學的危機。但因為某些理由，我在考慮將來要升學，而且目標是東大法學系之類等級很高的大學。」

在代替矮桌使用的將棋桌前，吊車尾的我盤著腿如此告訴她們後……

萌和菊代這對乖孩子與壞孩子各自都用嚇傻的眼神低頭看向我。

「在、在這間學校居然會留級……遠山同學你……」

「你這個人的日子還真是過得多采多姿呢，人生一點都不無聊吧？」

「囉嗦啦。雖然這樣講和遭到留級的狀況很矛盾，但這件事我希望能**盡快達成**。妳們覺得該怎麼做？」

明明是自己留級卻將錯就錯的我，厚顏無恥地抬頭望著那兩人。

「留級，而且可能被退學，又要盡快上大學……」

萌老師把雙手食指放到輕柔瀏海兩側的太陽穴上，挑戰這項大概只有一休和尚才有辦法解決的問題。或許是因為現代黑道似乎也需要學歷的關係，菊代也跟著我一起靜靜等待萌的機智回答。

最後……

「對了，遠山同學！去報考高級中學畢業程度認定測驗——高認吧！」

「……糕任……？」

「嗯！雖然以前是叫『大檢』啦。那是一種針對高中教育內容進行學力測驗的考試，只要及格之後，就可以獲得大學報考資格囉。」

超、超強的，原來還有那種逆轉手段啊。

「這樣一來，就算高中中途退學也可以報考大學喔！」

高、高中中途退學……也就是說最終學歷是、國中畢業……！

聽到萌沒有惡意說出的這個詞彙，我頓時腦袋昏了一下。呃，我知道世界上還是有很多即使只有國中畢業也表現得很優秀的人物啦。

——就這樣，我、萌、菊代與金女四個人圍著狹窄的將棋桌開始召開緊急對策會議。

用金女的電腦印出那個所謂『高認』的資料看過之後，我發現這個測驗本身想要通過似乎並非什麼天大的難事。

那麼剩下的報考必要條件就只剩年齡的問題了。我雖然變得比大家晚了一個學年，不過高中選擇中途退學，靠高認獲得的資格報考大學的這項戰略似乎可行的樣子。

然而——最大的難關果然還是大學的入學考。這道關卡的難度目前依然很高。

但萌老師卻是……

「別擔心。念書——不，世上任何事情想要達成目標的必要條件都只有三項。而現在那三項條件都在手中了。所以即使是遠山同學也絕對可以進入東大的！」

始終表現得非常樂觀。這人也真強啊。還有，她最後的發言未免有點失禮了。

「三項條件是什麼？」

菊代似乎也對這點很有興趣的樣子。妳是想要學回去應用在重建家族（暴力團）上吧？

「首先，遠山同學的目標非常清楚。東大的法學系——是文科第一類吧？這點弄清楚後，應該專注的科目以及必須完成的工作量就可以知道啦。」

萌居然真的開始具體說明引導我進入東大法學系的方法。

總覺得她背後好像都綻放出聖光了。我應該把她從『萌老師』升格為『萌大人』才對。

「第二項，是知道東大的各場考試日期。也就是知道自己**擁有的時間**。既然知道了工作量與所剩時間，接下來為了讓大腦湧出『幹勁』——把工作量除以考試前的月數，進一步除以一天的念書時間……一路細分下去，讓自己看到較少的工作量。例如把一本每頁重點有二十行、總共三百六十五頁的參考書拿給你說『這一年內把這一本念完』應該也很難開始動工，不過只要像『這一個小時唸完一頁』或是『這三分鐘內念完一行』這樣細分，就比較能輕鬆開始了對吧？只要一開始成功，人類大腦中的伏隔核就只要大約三分鐘便會對工作產生快感——也就是開始分泌腦內物質多巴胺。如此一來，就能持續作業下去也不會感到有壓力了。」

「原、原來是這樣……那第三項是什麼？」

看到表現得極為樂觀的萌大人，我也不禁變得積極起來開口詢問。

「作業程序。大腦為了讓身體能生存下去，對愉快不愉快是非常敏感的。遇上不愉快的事，也就是因為『工作失敗』而感到壓力，大腦就會變得不想進行這個工作了。不會念書的人之所以會變得越來越不會念書，就是因為大腦感到壓力而不想念書的關係。這不是因為那個人很懶散，而是本能。是很理所當然的反應喔。」

原……原來我不會念書，是因為這樣的機制……！

原來我並不是什麼懶散的廢人，不是『生在這世上對不起』的人，而是會做出正常反應的普通人啊。是可以繼續活下去沒關係的！

唉呀，雖然萌這次所講的東西也是有關大腦——也就是未知部分很多的黑盒子，所以不能把她的話囫圇吞棗。不過這次的內容感覺也是聽一聽不會有損失，至少我湧起活下去的希望了。

「相對地，會念書的人就越來越會念書對吧？那是因為大腦會想要反覆感受到『工作成功』帶來的快感。覺得舒服的事情，就會想一再嘗試吧？所以讓最初的三分鐘能夠成功是非常重要的關鍵。」

聽到身為美少女的萌用美少女的聲音說出『覺得舒服的事情，就會想一再嘗試吧？』這種話，頓時讓我帶有邪心的血流蠢動了一下，不過……

「讓三分鐘的作業能夠成功，是嗎？也就是要答對題目對吧？」

混帳！現在可不是爆發的時候啊！於是我靠意志力壓下血流，回到話題上。

「嗯，雖然題目也有很多種，不過入學考試幾乎都是靠暗記就能處理的問題。無論是文科還是理科，只要能把單字或是公式以及出題規律暗記起來，及格就近在咫尺囉。」

我聽到『暗記』雖然立刻想到爆發模式下的作弊招式——猾經。可是……

那在遠山家的規矩中，是禁止在國內使用的。即便我靠那招考上了東大，但要是被腦袋死板的正義使者，也就是大哥知道，他搞不好會把我斃掉的。就算仁慈一點，應該也會逼我自己提出退學吧。

話雖如此，我其實也已經靠猾經學會了英文，但我會的只有以電影臺詞為基礎的會話而已。對於日本這種主要透過文章叫人解讀暗號的考試幾乎可以說是一點用處都沒有。

「換言之，只要讓遠山能成功暗記一小段東西就行了？」

「對，所以就要提到作業程序了。只要明瞭『這麼做就能背起來』的程序，不但可以更細微地理解自己該做的事情，大腦也會覺得『既然這麼做會得到快感，那就做吧。』而能夠更順暢地湧出幹勁囉。」

「快、快告訴我那個程序吧，萌。」

「雖然最基本的就是反覆記憶，不過究竟要靠讀、寫還是聽——最有效的記憶方式每個人不一樣。另外還有像套口訣之類能大幅減少反覆次數的手法，這方面也要找出比較適合遠山同學的類型。然後綜合這些東西，組合出『只要這樣做遠山同學就能記起來』的作業程序。」

萌這時忽然用足以讓那對巨乳大幅彈跳的刺激性動作站起身子——

「請問要怎麼找呢？」

即使自己腦袋很好，在教導笨蛋的技巧上卻輸給萌的金女一臉呆傻地如此詢問後……

「上網！網路上公開的暗記訣竅可是多到數不清呢。那麼，我們首先就從三分鐘的搜尋開始吧！」

萌露出真的很樂觀的笑臉，刺激著我的伏隔核。

Nothing is impossible（沒有什麼事情是不可能的）——鼓勵我『去當武裝檢察官』的平賀同學好像曾講過這樣一句話。亞莉亞也命令過我『不准說辦不到』。雖然對留級生而言，考上大學感覺是難度很高的一件事，但如果打從一開始就認定自己辦不到，也會對不起我『哿』的稱號啊。

事到如今，我就做給你看。就算這次的對手和我過去擊敗過的無數強敵在性質上不太一樣，是名叫『東大』的超級強敵也一樣。

徹底湧起幹勁的我於是在規定的時間內，藉助萌、菊代與戴上高度情報界面系統（The Tella Net Assist system）的金女幫忙之下——首先努力建構出應付考試的讀書程序。

最後我明白了對自己而言效率較高的學習方式是可以一邊保養手槍一邊進行的『聽覺記憶』，並且搭配從我平日就經常在心中對那群蠢女生們吐槽的習慣演變成「自己創出『無聊的諧音口訣』然後自己在心中吐槽」這種莫名其妙的暗記法……

而這項暗記工作就從明天正式開始，以比較從容的進度分配每天進行。

萌神接著對我下達「既然已經決定好一天的作業時間，那就是和大腦的契約，不可以違反約定。要是讓大腦工作更長的時間，就算當下沒什麼問題……從隔天開始大腦就會懷疑自己『搞不好又要工作超過預定分量』而變得厭煩的。所以讀書完剩下的時間要用在個人活動上喔。」這種禁止讓大腦加班的命令後，便和菊代一起離開了。她應該很有當公司社長的才華吧？

於是——

我現在正為了留學義大利的事情，進行其他自己必須處理的個人活動。

畢竟到美濱外語高中參加留學準備之前，剩下的日數也不多啦。

（……關於學習義大利文，我就和升學考試當成別件工作來處理吧。）

如此決定的我，用金女房間的電視擅自購買下載了義大利的黑手黨電影來觀賞，為我剛才想到的猾經做事前準備。

不過我靠這樣學習，會不會讓講話方式變得像義大利黑手黨啊？

雖然心中有這樣的疑慮，但ＶＯＤ選單中的片子幾乎都是愛情片和黑手黨片，那麼對我來說可以選的就只有黑手黨片啦。

（話說，緋緋神當初其實去義大利不就好了……？總覺得義大利人的民族性好像就是喜歡戀愛和暴力的樣子嘛。）

對將來感到不安的我……的視野角落……從剛才開始……

當下的不安要素——金女小妹妹就一直晃來晃去。而且身上只包一條浴巾而已。唉呀～春天一到，奇怪的人就會冒出來呢。

「哥哥，一起去洗澡吧。來場悖德的親密接觸吧？」

「我、不、要。」

「為什麼？我們小時候不是經常兄妹一起洗澡的嗎？」

「誰跟妳一起洗過澡啦！我是去年才認識妳的！」

「可是在那之前，我腦中就已經在和哥哥洗澡啦。那樣的情境很自然就會滾滾湧上腦海，可見我們前世一定是情侶呢。」

「虧妳是個科學之子，不要亂編那種不科學的妄想故事啊！嗚哇！喂！不要用那種打扮抱我手臂！」

「好啦，既然**哥姊姊**也接受了，我們就一起去洗澡吧。」

「我什麼時候接受了啦！等等、別拉我、住手……！」

大概是考慮到上次金女在巢鴨老家入侵浴室的時候，被我靠潛林脫逃的關係——

她這次讓宛如妖怪『一反木棉』的科學劍．磁力推進纖維盾像蛇一樣爬在自己身後的地上，首先把我獨自送進浴室。

……這下我被關起來啦，而且不只是手無寸鐵，甚至全身赤裸。危機又再度降臨了。

女生宿舍的浴缸比男生宿舍的還要大，可以讓兩個人同時泡澡。隱約飄散著牛奶糖般甘甜氣味的浴室本身也很寬敞，有足夠的空間讓難以挽回的事態發生。而我現在又沒有手機，沒辦法使用呼叫麗莎的手段。

本來還想說能不能打破換氣口逃出去，但那洞口卻窄到連頭都鑽不進去。就算我再強也辦不到頭蓋骨的骨克己啊，我又不是章魚。

「——哥哥～我要進去囉～」

霧玻璃的浴室門「喀啦」一聲……

我都還沒做好心理準備，金女小姐就登場啦……！

雖然我急忙用毛巾遮住自己身體的一部分，不過——

奇妙的是，金女身上竟然穿著一件深藍色的校園泳衣——沒有排水孔設計的那種新式校園泳衣——踏進了浴室。

「嘿嘿～畢竟我如果光溜溜進來，哥哥姊姊一定又會逃走嘛。」

就在我因為『穿泳裝進浴室』這種奇妙的畫面愣住的時候，金女趁機把手繞到自己背後「喀」一聲把門鎖上。

被、被擺了一道啦……這下讓她首先完成『兩人一起進浴室』的狀況了。

不愧是人工天才。居然跟理子一樣用穿著衣服的手段對付我。

不過既然有穿泳衣，既然是泳衣妹妹，就算一起洗澡、或許也沒問題吧？雖然身為一個正常人很有問題，但是在爆發模式方面我想是沒問題的。應該沒問題。要相信自己啊，金次！

「那、那我先洗身體，妳可別轉過來喔……！」

「好～」

金女舉起雙手，轉身……

把幾乎完全露出來的背部以及被深藍色泳衣包覆的屁股轉朝我的方向。

那套似乎真的是她上游泳課時穿的泳衣，隱約可以看到大概是坐在泳池邊而磨出的毛球。

說到女生的校園泳衣，通常大家會討論的話題都是新款與舊款之間的形狀差異。不過根據我以前明明不想知道卻被理子拿實物教過的知識，其實那些泳衣還有材質上的差異——分成聚酯纖維製和尼龍&聚氨酯合成纖維製兩種。

前者是比較缺乏伸縮性的厚布，觸感上會有點粗糙。後者則是伸縮性很好的薄布，是競賽泳裝之類的泳衣也會使用的滑順布料。

武偵高中的販賣部兩種都有賣，而金女這件是一〇〇％純聚酯纖維製，是使用過的痕跡會比較明顯的類型。再加上是設計給國中實習生穿的幼小款式，讓整體看起來更有真實妹妹的感覺，相當糟糕。就像金女的口頭禪一樣充滿悖德感，出乎我預料地對血流很不好。

於是我趁金女還背對著我的時候趕緊用沐浴乳使出高速洗體術，以秒速洗完身體。接著為了盡量遠離金女，泡進裝有熱水的浴缸。

「好～了～沒♪」

「好了啦……都隨妳高興了啦……」

欲哭無淚的我為了遮住身體的一部分，用蹲坐的姿勢進入浴缸。可是——

這姿勢其實是非常嚴重的失誤，反而給了金女可以一起泡進來的空間。結果……

「耶～！和哥哥一起洗澡呢。來，看這邊……對，要把視線固定好喔。好開心。好開心。」

金女彷彿故意要讓我看似地邁大步伐，每講一句『好開心』就把一隻腳踏進浴缸。面朝的方向還一副理所當然地對著我。

直達根部都完全露出來、不粗也不細、充滿健康美的妹妹大腿……就站在連視線都被強制指定的我眼前，短短三十五公分的距離。根本連手都不用伸出去就能碰到了。

而且在我眼睛的高度就是我一點都不希望被擺到眼前的——帶有圓潤弧度的下腹部。

妹妹那樣的部位竟然就配置在這麼近的距離前，這是不是在空間上已經算犯下什麼錯誤了啊？我明明泡進熱水還沒過多久，額頭就開始滲汗了。

（可別爆發啦，金次。這是泳衣，不要被區區一件泳衣打敗了……！）

但既然是泳衣，底下當然就沒有穿內褲了，那麼眼前這形狀就是裸體時的形狀……等等，快把想像力封印起來！啊、啊啊，這下是我自爆了！血流、進入危險範圍……！

（必、必須想想辦法才行……對了！）

我這時發揮出臨危中的機智，靠假裝眨眼較長的時間來遮蔽自己的視覺。

然而……

「禁止眨眼睛喔，哥姊姊。」

金女瞬間看穿了我的小聰明，並緩緩地、慢慢地……在我眼前將身體泡進熱水中。

連眨眼這種生理反應都被封殺的我，只能被迫從金女緊實得恰到好處的腰部，一路看到明顯比以前發育更好的胸、胸部。這些即使隔著泳衣我也不想看到的部位，就像西式全餐一樣陸續擺到我眼前。這應該會造成我罹患PTSD吧？

「嘿嘿～成功了～我進來了。和哥哥一起泡澡呢。」

因為我和金女的體積，讓熱水些微溢出浴缸……連『不先把身體洗乾淨就進來很不衛生啊』這種抗議都沒餘力講出口的我，最後和金女小妹妹的美少女臉蛋面對面了。

我的雙腳和金女的雙腳在膝蓋附近互相交錯。

通常（？）這種兄妹間的危險遊戲應該會被家人發現並提出警告才對的。然而我們家的狀況是父母首先就不在，大哥又是大姊，大嫂還巴不得看到變成大姊的大哥和變成妹妹的我相親相愛的畫面，因此那對異常夫婦完全無法發揮安全網的功能。再說他們根本就不在這裡。

「好，那就來親親吧。」

「什麼叫『那就來』啦……！」

在狹小的浴缸中無處可逃的我把頭往後縮，可是金女也把頭往前伸。

「咦～通常哥哥和妹妹不是會在一起洗澡時親嘴嗎？」

「才不會啦！啊～該死，妳害我一瞬間想像到武藤跟他妹妹了！我要妳賠償我的精神傷害！」

面對已經連自己在講什麼都搞不清楚的我，金女這時——

「來嘛……來親親吧？這樣才叫兄妹喔，哥哥。」

從剛才還天真無邪的『妹妹』忽然轉換為『女人』，讓聲音瞬間變得妖豔起來。

不妙，這傢伙感覺要認真了。

「如果那樣才叫兄妹，那我就不當妳哥哥了！」

「那是要和我結婚的意思嗎！」

「妳的思考也太正向了吧！」

「那就摸摸人家嘛。校園泳衣這種東西，其實上半身很簡單就能脫掉囉？」

又讓人搞不懂什麼叫『那就』的金女——把具有伸縮性的乳白色肩帶自己拉起來，往左右兩邊伸開。伴隨那樣的動作，本來就沒有百分百被泳衣遮住的胸口便跟著讓百分比急速下降——撐不下去啦！

「我要出去了！反正我已經跟妳泡過澡，妳該滿意了吧！」

我趁著金女的雙手忙著脫泳衣而沒空的大好機會，連滾帶爬逃出浴缸。

接著就在我準備推開浴室門的時候……「啪！」地一聲。

磁力推進纖維盾竟然從更衣室那一側貼到門上，形成了堅固的門閂。

於是我只能拚命敲打門板……

「快開門～！」

「哈哈哈哈，你想往哪兒去啊？」

遠山兄妹很有默契地演出了某國民動畫電影中的一段臺詞對話。是說每次遇到類似那部電影的情節時，我好像總是站在男女相反的立場啊！

「你看人家的胸部是不是長大了？這是為了哥哥才長大的喔。妹妹是哥哥的玩具，所以盡情玩人家吧？下半身留給哥哥脫囉。」

金女說著，從背後抓住我的手臂……拉向從她剛才的發言中就能想像出現在變得如何的胸部。這動作還巧妙地發揮出關節技的效果，讓我不得不乖乖摸她。不妙！我好像碰到什麼很有彈性、彷彿可以輕柔包覆我手指的物體了……不過，我還是靠毅力把手臂拉回來！

「妳、妳這傢伙……是痴女嗎……！」

「是痴妹啦……！」

就在兩人拉扯手臂的時候——啊啊，不行了，我終於還是爆發了……！

……嗚……？

「……！……嗚……」

好、好痛……！頭部深處又痛起來了。

該死，真的好痛！痛覺急遽惡化——讓我全身使不出力氣。

……糟糕，我的意識、漸漸模糊……！……

「呃、哥哥？你、你怎麼了？磁力推進纖維盾，快讓開！我們出去！」

——金女把泳衣重新穿好後，攙扶著我一起走出浴室。

但一方面因為解釋頭痛就必須承認自己爆發的事情，一方面我也不想害金女操心……

於是我跟她說自己只是泡澡泡過頭而已，便穿好制服躺到沙發上。

（這下……）

看來已經不能再瞞著爺爺了。

伴隨爆發模式的血流引起的頭痛有時會發生有時不發生，程度上也是有時嚴重有時輕微，並不固定。這些都和爺爺以前警告過的詳細症狀完全一致。

金女看我假裝沒事之後，便安心回到浴室去了。

於是我趁這機會想打電話，卻發現——奇怪，我手機不在。

結果就在我到處找手機的時候，金女洗完澡跑出來啦。真沒轍，等一下再打吧。

「嘿嘿～這個有哥哥的味道呢。」

那個痴妹說著教人噁心的話走進客廳。我才想說她到底在聞什麼味道，發現她身上穿著一套很寬鬆的睡衣。等等，那是我的東西吧！

「喂！我才覺得奇怪為什麼我房間的睡衣有時候會穿起來像新的一樣……！妳是什麼時候擅自偷走的！」

「那是因為哥哥的睡衣只要變舊，人家就會跟姊姊一起分攤買新的睡衣給你。所以這不是偷來的，是我們一片好心幫哥哥淘汰下來的舊衣服！」

姊姊——也就是白雪嗎！該死，沒想到居然會有這樣的走私路徑……！

「還來！那是我的東西！」

「討厭啦～想硬脫妹妹衣服的哥哥，好悖德呦～！」

我一氣之下拉扯金女身上的睡衣，但金女卻反而對脫衣服表現得相當合作。

結果衣服一下就被脫掉，讓她身上只剩條紋圖案的內衣褲。

雖然這畫面讓我不禁心跳了一下，不過既然不是從裙子之類的服裝底下偷窺，這種花紋要在我腦內轉換成『這是泳衣』也不是不可能的。

於是我對嚷嚷著「哥哥好悖德～在性事上好悖德～」並蹦蹦跳跳的金女踹了一腳後，「給我去穿衣服！」地吼了她一聲。對妹妹的教育真的有夠累人的。

後來金女進到臥室，莫名其妙花了好長一段時間翻找衣櫃換衣服……因此我趁這機會去找我的手機，才發現居然是在剛才金女煮飯的廚房桌上。

該不會被她動過什麼手腳吧？我不禁如此懷疑並打開手機一看，結果根本不是『該不會』而是完全被動過手腳了。不但待機畫面變成了金女在拋媚眼飛吻的照片，連電池剩餘量跟訊號強度的圖示都被改成了『金女』或是『妹妹』之類的文字。當我是多喜歡妹妹的哥哥啦？如果真有這種哥哥根本就是有病吧。

「我～穿～好～囉～♪哥哥，到臥室來結悖德婚吧？」

我還來不及打電話給爺爺，妹妹又在叫了。

「什麼叫悖德婚啦？我可是要在沙發睡喔。」

聽到我隔著臥室門如此宣告後……

「那人家也要在沙發睡。或者搞不好哥哥不會讓人家睡覺呢。」

「在妳腦中到底是把我當成怎樣的人了……呃、喂！」

沙沙沙。

金女伴隨著莫名大聲的衣服摩擦聲，從臥室走了出來。可是她的打扮竟然是——

……全身純白色的結婚禮服……！

而且不是正式婚宴上穿的那種，而是二次宴穿的迷你裙款式。

外露的肩膀上沒有肩帶，感覺是只要用手指勾一下胸口就會當場被脫下來的造型。輕飄飄的大片荷葉邊構成的裙子被看起來很柔軟的蓬蓬裙輕輕撐起。危險部位還隱約可以看到不知是不是安全褲、裝飾有好幾層荷葉邊的婚紗內褲若隱若現。

透出膚色的婚紗手套、大腿上裝飾有荷葉邊的吊襪圈、從吊襪圈一路包覆到腳尖的超薄絲襪——

全部都是白的。純潔無瑕打扮的新娘、進場了……！

「哥哥，我愛你。請掀起我的頭紗吧。」

對於能夠穿成這樣逼近哥哥的妹妹真心感到恐怖的我，因為害怕她又對我使出克羅梅德爾王牌，於是想說反正只是掀一塊布而已沒什麼大不了……就輕輕地……把微微遮在金女臉前的頭紗掀起來，放到她後腦杓。

這傢伙……又是頭冠又是花圈又是珍珠項鍊，簡直是全副裝備，根本就沒有要睡覺的打算吧？

「真的讓我等到哥哥為我掀起頭紗的一天了，我好高興喔。那麼新郎新娘……請親吻對方。」

「我才不要！要講夢話等睡了再講！」

「——你剛才不是說過會跟人家結婚的嗎！」

咿咿！不要忽然瞪大眼睛大叫啊！

「人家不要只當妹妹！人家也是女孩子呀！」

「拜託妳只當妹妹啦！」

「那維持當兄妹沒關係，跟人家結婚！」

「在法律上不可能吧！」

在情境變得宛如驚悚電影的、深夜的妹妹房間中——

事情發展成這樣也沒得選擇了。於是身穿制服的新郎從胸前口袋掏出最終兵器，撒到地上。

「啊－Jean Paul Hévin的加鹽牛奶糖！」

這是我以前在台場偶然發現而買下的高級點心。是含有濃濃牛奶糖的板狀巧克力。

我雖然並沒有特別喜歡吃牛奶糖，不過當時吃了試吃品後覺得很好吃，認為或許將來可以拿來對付金女所以買來夾在武偵手冊裡當成祕密手段的。

畢竟如果只是一般的牛奶糖，金女應該隨時都有帶在身邊，於是我試著投了一記變化球——看來相當有效的樣子。對牛奶糖很有研究的金女一眼就看出那是什麼玩意，隨手把新娘捧花一扔，便像隻追骨頭的小狗一樣，也不顧自己穿的是迷你裙就趴到地上了。然後就這樣在屋內跑來跑去，到處回收牛奶糖巧克力。

果然……還是個小孩子嘛。老妹，妳要談結婚還太早啦。

我趁這機會躲到電視後面，拔出沙漠之鷹化為一座人肉砲臺……

等金女捧著牛奶糖巧克力、心情徹底變好地躺到沙發上的時候……

「妳小心蛀牙，吃完記得去刷牙啊。然後就給我去睡覺。」

「哥哥睡之前我不睡。」

「都已經這種時間啦。」

「人家想跟哥哥同時睡嘛。」

直到睡覺的瞬間都表現得愛很沉重很麻煩的妹妹，讓我都感到疲憊不堪了。

就在我一邊畏懼著身穿新娘服、坐在沙發上笑咪咪望著我的金女，一邊把手機的待機畫面和圖示等等都換回原廠設定的時候……不知不覺間，「呼～呼～」的聲音傳來。

是金女躺在沙發上睡著了。身上還穿著新娘打扮。

（……真受不了……）

不過她看來總算是睡著了——

於是我放輕腳步關掉電燈後，靜悄悄來到陽台。

這下終於可以打電話給爺爺啦。

雖然時間已經超過凌晨十二點，但畢竟爺爺習慣熬夜……

……他接電話啦，太好了。

『是金次啊。三更半夜的有什麼事？老子難得要看電視上的泳裝女孩運動會，竟然打來礙事。』

「抱歉這麼晚打給你，爺爺。」

『過得可好？』

「我是很想說我過得很好啦，但似乎不算太好的樣子。話說關於老爸，我有些事情想問一下。以前有講過老爸是在和伊藤茉切交手的時候，因為慢性頭痛的關係失手了對吧。有關那個疾病，我想——」

我只是稍微講了這麼一段話……

爺爺彷彿『喀嚓』一聲切換開關的感覺便傳來了。即便是隔著電話。

『這……或許也是宿命吧。父親和兒子罹患了同樣的疾病是嗎？』

「呃不，還沒有真的確定啦……」

『你年紀輕輕就出現了**那個症狀**啊，金次。因為金一沒有出現，讓老子也疏忽了。老子一直沒跟你說，其實老子的爹，也就是你曾祖父其實也是因為那個而早逝的。醫學上的事情老子是不懂，但畢竟遠山家的男人總會過度使用大腦。咱們稱這叫『對卒』，家族代代每兩人就有一人會在返對時引起類似卒中的症狀。』

卒中——也就是腦溢血嗎。

聽起來……還真嚴重啊。

『有人年紀輕輕便會發作，有人一輩子都不會有徵狀。但不管怎麼說，金次，總之你別再返對了。遠山家的男人是天下無雙，但還是勝不過疾病。罹患了對卒——卻依然堅持貫徹正義繼續戰鬥的人，代代都只有被對手殺死的份。真要講起來，金叉與其說是輸給伊藤，不如說是輸給了疾病啊。』

雖然爺爺看來是不知道……不過老爸他若真的還活在這世上……

若是在我所知他的死亡時期之後還有跟獅堂交過手……

那就代表老爸他克服了對卒的意思。

『金次，或許你會覺得還太早，不過你還是快引退吧。』

「……讓我稍微考慮一下。或許會有什麼辦法也說不定。我自己試著調查看看。」

如果老爸成功克服了病魔。

那我或許也能辦得到。

事到如今，確認老爸的生死——變得也攸關我自己的生死了。

『唔……那你就試試看吧。畢竟現在醫學也很進步了。不過，你務必要小心。』

「……謝謝爺爺。晚安。」

聲音別聽起來那麼擔心啦，爺爺。

讓你老人家白髮人送黑髮人的不孝行為，為孫不會跟著老爸又犯的。絕對。所以你就放心吧。

在金女的房間過著逃避災害（亞莉亞）的避難生活幾天後——

我總算收到教務科寄來一封指示我『明日起到美濱外語高中就學』的郵件。

看來外語高中那邊的準備工作終於完成了。

每天早上忍受金女所謂的『妹妹鬧鐘』，睡覺時被她穿著制服配圍裙騎到身上、用平底鍋和湯勺『鏘鏘』吵醒的日子也到今天就結束啦。

而金女今天早上也在廚房把穿著裙子卻毫無防備的背影現給我看的同時——

一邊用穿室內拖的腳尖輕敲地板，一邊為我親手做便當。

「哥哥要快點從義大利回來喔？到時候成為哥哥新娘子的妹妹每天幫你做便當的幸福生活就會等著你呢。」

「這幾天下來我已經明白，對於說出那種話卻一點都不覺得自己有什麼奇怪的妳是不管講什麼都白費力氣了啦。」

「因為雪奶奶也有交代過人家『金次沒有生活能力，要好好照顧他』嘛。話說回來，呼哇……好睏呦。最近都是因為哥哥，害人家睡眠不足……」

「拜託妳可別在學校講那句話喔？……很抱歉我每天都看黑手黨電影到那麼晚啦，不過那也是為了學習啊。」

「沒關係，不用在意啦。來，這是克羅梅德爾的份。」

金女說著，把裝在跟她同款式便當盒的『妹妹手工午餐』遞到我手中。這午餐今天也是最後啦。

但畢竟金女以前有對我下過怪藥的前科，而且就算沒下藥，這肯定也是像平常那樣用肉鬆寫下『ＬＯＶＥ』字樣的丟臉愛妹便當不會錯。

因此我趁金女不注意的時候，偷偷把我們兩人的便當盒掉包，當作是最後報她個一箭之仇。

然而，當我打扮成克羅梅德爾來到二年Ｃ班——等到午休時間打開便當盒一看，竟發現白飯上面還是用肉鬆寫下了『ＬＯＶＥ　掉包辛苦了』的字樣。

即使是從來都不笑的克羅梅德爾同學，看到這個也不禁露出苦笑，然後把整個便當連同那些字一起翻到便當蓋上享用了。

雖然只有短短幾天……不過謝謝妳啦，金女。

4彈　北斗星

美濱外語高中是為了因應日本的國際化而創立的一所新學校，位於千葉市美濱區——面朝東京灣的千葉港北方，靠近商業區、幕張展覽館及千葉海洋球場等設施，頗具規模的一座獨立都市中。

結束扮成克羅梅德爾這段地獄生活的我從今天開始就要在這所高中學習義大利文，並預定五月出發到羅馬武偵高中留學。

東京武偵高中↓東池袋高中↓東京武偵高中↓美濱外語高中↓羅馬武偵高中，對於像個動不動就被調派單位的上班族一樣不斷轉學的我來說……學校這種東西就彷彿交通工具，而這次的狀況就當成是自家用車故障所以換搭計程車吧。

轉學轉到第三次也變得沒什麼好怕的我，從武偵高中一路轉搭電車和公車，很大膽地把腳踏入了美濱外語高中。

不過其實也沒什麼必要感到緊張——這所外語高中給人的感覺相當開放。

通常說到高中多多少少都會有封閉的感覺，但這裡的開放感就像大學一樣。

或許這也是當然的，因為這是一所無論社會人士或想學日文的外籍學生都會積極接納的學校。在這裡，年齡或學年並沒有什麼太大的意義。而我所屬的二年級似乎只是『開始學習後第二年』的意思。這樣的氣氛對我來說幫助很大。

另外這裡校規也很鬆，服裝上只要在常識範圍內穿什麼都ＯＫ。不過我覺得既然是學生，還是穿制服比較好吧。可是……外語高中在接納我入學的同時，有附加一條『要是把身為武偵的事情公開就退學』的條件。畢竟武偵至今依然是一般社會難以接受的職業，認為武偵的工作就跟沒事亂開槍的黑道沒兩樣的偏見依舊深植人心。雖然只要想想亞莉亞或我自己的行動，這或許也不算偏見就是了啦。

因此我現在穿的……是其實武偵高中也有的立領制服。這是有點像禮服一樣的玩意，學生在入學時會莫名其妙被迫買下卻根本沒什麼機會穿上。而我這次有把校徽拆掉，所以看起來應該就只像一套普通的黑色學生服而已。

「……」

我一早來到這片面積寬廣又綠意盎然的校園稍微散步一下，發現周圍都是青草與泥土的味道。

沒有混雜什麼火藥的氣味，地上也看不到彈殼或扭曲扁平的彈頭。

（一般人真好啊……）

要是我沒有留級，應該一輩子都不會來這種環境這麼好的學校吧。

雖然男女同校這點讓我不太喜歡，不過這裡應該會有很多年紀跟我差不多的男生……

（搞不好這次在這裡，真的就讓我……交到普通的一般人朋友也說不定呢——）

這樣一想，我的心跳就加速起來了。

但是，可別抱那麼大的期待啊，金次。上次到東池袋高中不就是因為入學前期待太深，結果失望也很深的嗎？還是保持平常心比較好。

學生餐廳的內部裝潢是模仿亞洲的攤販風格，看起來很有趣。而且校區角落還有小型教堂以及似乎是清真寺的設施，可見這裡也有很多從外國來的學生。像現在我就和兩名抱著日文教科書、用中文交談的女學生擦身而過了。

另外在校內值得注目的一點是……

（哦哦……這還真是讓人羨慕……！）

我被交代要先過來報到的教職員室——隔壁併設的**就職課**。是武偵高中不存在的單位。

太棒了。這裡可是會教育學生正常學問，並且介紹學生到正常公司就職的健全場所。果然學校就應該是這樣嘛，而不是在那邊教學生什麼槍枝拆解組裝或是彈道理論。

不過……

（……呃！）

在就職課的公布欄上，我看到了一張眼熟又討厭的臉。這所學校下個月似乎會舉辦一場叫『美好外務省』的演講，而海報上印的就是外務省中負責處理亞莉亞相關事務的——錢形乃莉。

（錢形那傢伙，是打算把這裡的學生騙進外務省，然後把自己負責的危險工作推給新人吧？）

好，我就把圖釘刺到這海報上眼睛的位置，讓她變得像攻殼機動隊的巴特一樣。看招。看招。

就在這時後……

「哈囉～遠山同學，你的行為就像小學生一樣呢。」

忽然從我背後傳來熟悉的聲音。

於是我轉回頭，發現在對我拋媚眼的人物是……跟我一樣穿著黑色學生制服的帥哥——不知火。

「我雖然留級了但還是高中生，沒降級到那種地步啦。你是來這裡監視我的？」

「嗯～其實是獅堂先生好像對武偵廳做了些什麼事情。這次武偵高中會指派你到這裡來，似乎是刻意安排的樣子。」

「刻意安排？」

「沒事。反正遠山同學到這裡就學的時間也很短，你只要在這段期間內什麼都不要發現、什麼行動都不要做就沒事了。」

「我就算有發現什麼也不會做出什麼行動啦，所以拜託你滾回原本的學校。你會害我想起上個月底的那件事，所以我暫時都不想看到你的臉。」

「只要你**出去**我就會**出去**，我在工作上的職責就是這樣。乾脆我也趁這機會學習一下第二外語好了。例如說，對了——義大利文好像不錯。」

「啊～好好好，我知道了。隨便你啦。」

因為這裡是外語高中，所以不知火講話時故意省略了『從武偵高中出去』這個受詞。不過話說回來——

畢竟之前在東池袋高中時也是這樣，我早就猜到他這次會出現啦。

我和不知火準備一起參加的，是義大利文的短期集中講座。

雖然因為是比較稀奇的科目，學費相對比較貴，不過多虧武偵高中有幫忙交涉價格，讓我勉強繳得起單一學科的費用。話雖如此，這筆開銷對缺金的金次來說還是很吃不消啊。

我的存款——或者說貝瑞塔公司的獎學金，也就是貸款——幾乎要見底了。

話說，我透過網路銀行查了一下裕信銀行的存款帳戶，發現貝瑞塔公司還沒匯給我四月份的錢。難道是因為裁軍政策讓景氣不好，所以拖欠了嗎？

我想著這些事，並走進教職員室後——

發現在一堆歐美人或亞洲外國人老師之中，義大利文的老師是……太好了，是日本人。不過又不太好，是女性。而且是個美女，打扮花枝招展。

「呃～……我是從今天開始參加義大利文短期集中講座的校外旁聽生——遠山。」

「同上，我是不知火。」

這位大概是講究義大利風格的關係，散發出濃厚化妝品氣味的老師，看起來年約二十五歲上下，胸部雄偉，有肉的白皙大腿也有一半以上都從緊身裙下露出來。不過身上不但沒帶手槍，連短刀都看不到，這點倒是讓我對她印象不錯。

「——Bravissima!（太棒了！）我等好久啦，男生！而且一次兩位！Va bene.（真是迷人。）沒想到是這麼迷人的男生們，老師早知道就應該打扮得更漂亮一點才對呢。」

老師擺出誇張的動作，彷彿要抱住我和不知火似地表示歡迎。

也太亢奮了吧！而且一見面就對男學生性騷擾。這老師沒問題嗎？唉呀，雖然感覺是比較好相處的人沒錯。

見到我和不知火就變得很興奮的老師……

「Allora（呃～）……兩位是叫遠山同學和不知火同學對吧？這班上雖然原本只有三名學生，不過上週開始增加了一名，今天又增加兩名——這下就有六名學生了呢。Ecco.（請拿去。）」

說著，遞給我們各一份義大利文短期集中講座的說明小冊子。話說……

……原來班上只有六名學生啊？不過想想也對，畢竟義大利文是幾乎只有在義大利才會講的冷門語言嘛。看來我的交朋友計畫一下子就踢到鐵板了。

「那麼時間也差不多了，來去跟班上其他人打招呼吧。順道一提，老師我單身喔。有離過一次婚，前夫是義大利人，不過現在單身喔。」

在走向教室的路上，老師莫名其妙強調著自己是單身的事情。為什麼啊？

義大利文的教室位於走廊最盡頭，入口側的牆壁整片都是玻璃。

因此我從外面就能看到教室裡……當場領悟就算我是個化不可能為可能的男人，這次也不可能交到朋友了。

因為很不幸地，除了我和不知火以外的四名學生——全都是女生。

而且她們或許是聽說有兩名男生會來的關係，感覺有點興奮的樣子。

真是抱歉啦，來的竟然是像我這種貨色。但不知火應該就能讓各位很滿意吧，畢竟他是個帥哥嘛。

「好啦！Grazie, grazie. Ciao! 各位同學久等了。從今天開始，這兩位男生就要和大家一起在這間教室學習喔！那麼，請雙方自我介紹吧。首先從女生開始！用日文就可以囉～」

一下就來啦，難關——自我介紹。

不過義大利文化似乎也是女士優先的樣子，我就趁女生們自我介紹的時候想好要自己要講什麼吧。

這四名女生分別是……

正在學習歌劇之類的音樂活動、個性有點凶的女孩子。

正在學習時裝設計、打扮豔麗的女孩子。

跨科選修了好幾國語言、立志成為外交官的大小姐。這位將來或許就是錢形的部下了吧。

另外還有一名只有說明「自己是為了學習語言所以來參加這個講座」這種廢話、剪一頭短髮而身材高眺的女生。她似乎就是上週來的學生。

乍看之下的印象，這四位都很像是有錢人家的孩子。

雖然光因為她們是女生就已經讓我完全沒興趣，所以講的話也都隨便聽過去了。不過——這裡感覺和大家只是漫無目的到學校上學的東池袋高中不一樣，學生們似乎都抱有各自的目標呢。

不知不覺間，女生們都回到自己的座位上，露出充滿期待的眼神望向我和不知火……

哦哦，輪到我們啦。還真快。

「遠山同學，請吧。」

「你先講啦。」

「可以嗎？」

「你講就對了。」

就連我們兩個男人間這樣的對話，那群女生們也像是看到什麼珍貴畫面似的，又有點興奮起來。真難搞啊……

「——我叫不知火亮。以前沒有學習過義大利文的經驗，因此我會盡量努力，不要妨礙到各位學習的。」

個性上完全不會緊張的不知火露出一臉乖乖牌的爽朗笑容，開始自我介紹。

從母校、經歷到興趣，謊言接二連三從他口中冒出來，真不愧是A級武偵。
不過那群女生們對不知火說的一字一句都好像很興奮似的，還互相小聲尖叫著。
……好啦，接下來輪到我了。
結果女生們的氣氛便頓時涼掉一大截。我想也是啦。畢竟和騙人說是傑尼斯藝人也肯定會被相信的不知火不同，照亞莉亞所說我可是個臭臉男嘛。
所以妳們不想跟我混熟也沒關係。
反正妳們都是女的，而且只會跟我相處很短一段時間而已。
「我叫遠山金次。」
就在態度消極的我如此報上名字的時候……
那群女生之中顯得比較格格不入的短髮高䠷女生——名字好像叫山根雲雀——忽然變了眼神。
怎麼回事？總覺得她的反應好像稍微認識我的樣子。
明明我根本沒見過她的說。
不過我現在必須自我介紹才行，於是……
「我的興趣嘛，呃～……是看電影……至於義大利文……是因為我喜歡義大利電影，所以想多了解一些義大利文化……」
畢竟我不能講自己是被全日本的武偵高中放棄或是為了逃亡國外之類的事情，便吞吞吐吐地隨便說著。和身心都是帥哥的不知火不一樣，我不但長相是這副德行，又加上爆發模式的問題，因此和初次見面的女生總是沒辦法好好講話嘛。

然而，山根雲雀從剛才開始——聽著我的自我介紹不知道在桌子下抄寫什麼筆記。而且她看起來沒有拿筆記本，應該是直接用筆寫在自己手上。從她對於那種行為不感到猶豫的態度推測，她似乎平常就有像那樣快速抄筆記的習慣。這女人究竟是什麼人物？

（……山根雲雀……）

仔細想想，這名字——我好像在哪裡聽過。

可是我完全想不起來。

總覺得有種應該要想起什麼事情，但我自己卻故意把它忘記似的不舒服感。好像是我把某段記憶自己封鎖起來的樣子……

「那麼大家要和睦相處，一起加油學習吧～！」

花枝招展的單身老師如此開朗說道，但直到最後我都想不起任何事情。於是我刻意不去直視山根雲雀——而是保險起見用視野餘光記下她的特徵。

雖然她剛才自我介紹時說自己和我們是同年紀，但我覺得她看起來似乎比我年長。身高有一百七十公分——跟我差不多，而且胸前很有肉，手腳又修長，讓人覺得像個大人。

髮型是短髮，長相與其說是可愛不如說是帥氣。

大概是洗髮精或香水的關係，稍微可以聞到像香皀的味道。

穿著打扮雖然整齊清潔，不過似乎並不在意男性的眼光，給人的印象宛如熱衷於工作、把異性放其次的職業女性。用繩子背在身上的背包。一臉淡妝。和老師一樣穿襯衫配緊身裙。鞋跟很低，感覺是重視活動性的樣子——不過手上的皮膚沒有手槍擦傷痕跡，只有握筆留下的繭。

（……看來應該沒必要過分警戒吧……）

全身到處都是破綻，可見雲雀並沒有任何戰鬥能力。

我想她應該不是不知火剛才暗示過的前零課相關人物。

畢竟就連不知火也沒表現出注意山根雲雀的態度。

換言之，一切只是我太過多疑了。剛剛那奇妙的感覺肯定也是我想太多。至於她會對我的名字產生反應……或許因為她是偶爾會有的那種『遠山的金先生』的熱情粉絲吧。

我之前靠猖經學會的義大利文，頂多只到稍微可以聽懂單字的程度，還沒辦法開口講。因為義大利文中對日本人而言不容易聽清楚的發音比較少，所以通常都是從『聽』先學會的。

畢竟猖經並不是增加知識的總量，只是讓人可以想起自己曾經聽過的話語……因此有必要多聽別人講話。我來到這學校密集接觸義大利文，就帶有獲得大量猖經可用材料的意義。

另外根據我學英文對話時的經驗——擁有基礎的文法知識可以讓學習效率大幅提升。

（換句話說，無論什麼事情，不好好用功就休想精通啊……）

我在老師的解釋說明中，和大家一起聆聽ＤＶＤ教材、網路電臺的新聞廣播以及義大利甲組足球聯賽的講評等等，勉強跟上課程的進度。

——羅馬不是一天造成的。總之現在重要的是專注精神繼續聽下去。好好加油吧。

每堂九十分鐘的兩堂課程結束後，到了放學時間……我才發現這次的新生活有個致命性的缺陷。

我沒有地方可以住。

就算要搭總武線電車從武偵高中通學，金女的房間應該也差不多要被亞莉亞懷疑了。我當初本來是打算用貝瑞塔公司的獎學金租一間廉價的週租公寓……但現在那筆獎學金沒發下來，害我無處可住了。

雖然我走出學校後不知火就搭總武線回去武偵高中，讓我總算甩掉了他，可是——

（這下傷腦筋了。就算我回老家住，搞不好也會被亞莉亞發現啊。）

在幕張車站前變得不知所措的我，為了尋找可以依靠的人物……

拿出手機從電話簿的『あ（ａ）』行一直找到——『や（ｙａ）』行……

「……妖刕（youtou）……」
原田靜刃的電話號碼顯示在螢幕上。
這還真教人猶豫。
我本來是不管遇上什麼困難都不打算求助於他，可是和亞莉亞．白雪沒有關係，而且安全又免費的藏身之處也就只有這裡了。
（算了，總比露宿街頭好吧。）
昨日的敵人就是今天日的朋友——雖然我沒打算跟他交朋友，不過這次就跟他借個房間當作是上次被他殺掉的奠儀吧。於是我寄了一封簡訊給妖刕……
——妖刕現在據說是住在墨田區的錦系町。
雖然會有點花時間，不過既然搭一班總武線列車就能往返，從那裡通學到美濱外語高中也不算壞。
我姑且解開手槍的安全裝置，來到妖刕用簡訊告訴我的住址……街道雜亂的錦系三丁目深處……找到了。
在一棟感覺日照很差的廉價公寓一樓，掛有手寫『原田』的名牌。
我感覺到房子裡似乎有兩個人，因此從窗戶窺探內部……
「喂～靜刃，飯煮好了喔～」
總覺得……好像有聽到女性的聲音？而且不知該說是腔調有點奇怪，還是說語尾有點特殊。

是妖刕的女人嗎？但好像又不是魔劍的愛麗絲貝爾。

「……」

我接著按下門鈴後……

「逼喔。」

出現啦。

一個身穿圍裙的古怪小不點女孩。

在房間深處也能看到盤坐在地上、默默背對著我的妖刕。那傢伙為什麼在家裡也穿著那件黑色風衣啊？明明現在是春天的說。

話說……這小不點也真誇張。

首先，她左右雙眼的顏色不同，一邊藍一邊紅。一頭蓬鬆的長髮呈現粉紅色，身上的衣服也是粉紅色。身高大約一百二十公分。長相可愛歸可愛，表情和聲音卻讓人莫名有種不吉祥的感覺。不過只要想到她跟那個講到不吉祥堪稱奧林匹克級的妖刕是同居人，其實還頗能讓人接受的呢。

「嘿，我打擾啦。」

聽到我打招呼，坐在那裡似乎在讀什麼東西的妖刕便——緩緩起身轉過來……

「嗯。」

只回應我這麼一聲。真是冷淡的傢伙。

「妖劢，原來你……和這種粉紅頭的小女孩住在一起啊？真是糟糕的癖好。」
「你還不是一樣？」
被他這麼一說，曾經和另一位粉紅頭小女孩住在一起的我便頓時啞口了。
「咻咻咻，我叫鵺（nue）喔。唉呦，飯要焦掉了喔。」
小不點用雙手食指指著自己，隨便自我介紹了一下後，又跑回瓦斯爐邊。
「……nue……？那是姓還是名？」
因為有不認識的少女在家而感到不自在的我如此詢問。
「那就叫原田鵺喔。」
「什麼叫『那就』啦。喂，妖劢，給我解釋一下。她看起來應該不是你妹妹吧？」
「……」
「妹妹？噗咻咻咻！」
妖劢始終無言，而那個叫鵺的女孩大概腦袋有問題，聽到我的話就只會笑。
……算了，也沒差啦。
雖然她怎麼看都是有害的女人，但說到底，不管妖劢還是我也都不是什麼無害的男人嘛。
就想成是一丘之貉，三隻同住一間爛公寓而已吧。
那個名字很奇怪叫『鵺』，個性也很古怪的粉紅頭女孩做的餐點，居然只是普通的炒烏龍。

只有這方面一點也不古怪啊。而且很好吃。

我們三個人圍在一張矮桌旁享用著烏龍麵，大家幾乎都默默無語。無論是我、鵺還是把那個像忍者一樣的口罩拿下來的妖刕。對於新加入的我，他們什麼也沒問。

「……」

話說……原來沒有在戰鬥的時候，妖刕其實是個很溫和的男人嘛。

而且他眼神看起來似乎有過一段沉重而悲傷的過往。

──你的搭檔從魔劍換人了嗎？

我本來想這麼問他，但如果這位鵺和妖刕是……呃、該怎麼說……就是男女之間……祕密的同居之類的，那麼鵺搞不好會大罵「那女人是誰喔！」然後吃醋離家出走。

那樣一來就必須變成我或妖刕負責煮飯了，這很糟。雖然這樣講有點性別歧視，不過做菜這種事還是交給本能上會重視清潔的女性負責比較好。

「嗚嘻嘻，這人就是遠山金次喔？」

才想說終於有人開口了，卻是鵺一臉賊笑地看著我。

「幹麼，看什麼看啦？啊～……有件事我忘了講，我要暫時住在你這邊囉。」

「……」

看到妖刕不認可也不反對的樣子──

「上次你在比利時踹傷的那個人，就是我。雖然我當時是裝成影武者啦。」

打定主意要住下來我，決定在這裡搬出這項貴重情報。

「……」

但妖刕卻對我瞧也不瞧，繼續吃他的烏龍麵。難道他早就知道了？

「都是因為你，害我被伊碧麗塔那群人殺掉啦。雖然我後來又活過來就是了。換句話說，就算我要在這裡住上一個月，你也沒權利跟我抱怨。知道了嗎？」

我吃著炒烏龍對妖刕這麼說完後……

「真是抱歉，殺掉了你。」

妖刕總算對我瞄了一眼，開口道歉了。

「講這種道歉臺詞的，我看你應該是人類史上第一個吧。」

聽到我這樣挖苦似的回應……

「不，我應該是第二個。」

妖刕不知道為什麼看著鵺這麼說道。

「咻咻咻！」

……鵺這女孩的笑法還真教人不舒服啊。

雖然她本人不知該說是討人喜歡還是說可愛得像個吉祥物就是了。

「唉呀，反正靜刃也道歉了，你就跟他好好相處喔。」

「哪有人能夠和殺掉自己的傢伙成為夥伴啦？」

「那可難講。」

「咻咻咻！」

妖刕和鵺又再度很神祕地互看一眼。就只有你們那樣心靈相通，都讓我有種被排擠的感覺了。

不，如果加入了這群魔物眷屬的行列我也很傷腦筋啦。畢竟我還想繼續當個人類。

「話說回來，關於上上週的那件事。妖刕，你難道是在公安打工什麼的嗎？」

「那是我自願幫忙的。只要你跟什麼事件扯上關係，我就會跟去。那是我的工作。」

「搞什麼……講的話跟不知火一樣。你根本是跟蹤狂吧。」

「少在那邊講噁心的話。」

丟下這麼一句話後——

妖刕大概是個大男人主義者吧，吃完東西連盤子也不收拾就走回房間深處了。

然後又坐下來開始看書……而且是教人感到不舒服的神祕學文獻。

我把盤子放到水槽後，走過去一探究竟——

發現妖刕坐著的那間榻榻米房間中堆積了大量有關魔術或超能力的書籍。另外還有看起來很古老的時鐘或懷錶、沙漏、古典天秤以及裝在玻璃盒中的那是真空天秤嗎……？諸如此類各種測量時間或平衡的道具。

我完全不明白這些到底是在搞什麼，但果然這傢伙也是**那方面**的人物。

雖然我是沒打算成為他的夥伴，不過男性的魔術使用者．超能力者在我所認識的人物中算是相當稀有的存在。印象中白雪以前好像也說過，對於像這類神祕學的東西，女生會比男生的適性更好——世上會有魔女或魔法少女等等詞彙卻沒有形容男性的名詞就是很明顯的象徵之類的。

這房間的浴室雖然到這時代了還在用天然氣跟對衡式熱水爐，不過畢竟不用擔心會有人闖進來——讓我久違地舒舒服服泡了一場澡。

等我洗完澡後，鵺便拿衣服來給我換穿。話說，這應該是體格跟我差不多的妖刕用的睡衣吧。

而就在鵺說著「女性應該最後才洗喔」這種古板觀念的時候，妖刕進去浴室一下子就洗完出來了。

（……嗚……）

那傢伙用浴巾擦身體的時候，我看到……

他身上的肌肉比我還結實，而且傷痕也比我還多。

尤其是右臂靠近肩膀的部分，傷疤超誇張的。

那看起來應該是手臂被砍斷後重新接上的痕跡。這傢伙也是戰得很凶啊～

後來，趁鵺進浴室洗澡的時候……

「……喂，妖刕，我姑且跟你確認一下。那是你的女人嗎？」

我從換上一套麻布衣外面再加風衣、又回去繼續看書的妖刕背後小聲如此詢問。

「女人？女人是招來危險的禍水。」

妖刕頭也沒回地如此回答我。

「關於這點我也完全認同，不過我想說的是……呃～就是說……那個……你和鵺……簡單講，就是有虐待兒童的嫌疑……」

「虐待兒童？**別說蠢話了**。那傢伙可是比我年長，而且是年長幾百歲。遇上戰鬥的時候我會出面，不過你如果遇到其他困難──例如受傷或遭到詛咒，就去拜託鵺。那傢伙的異能是萬能的，算是年高經驗多吧。」

妖刕稍微把頭轉過來，對我這麼說明。

啊～……原來如此，這下我總算搞懂了。那個鵺就是像玉藻之類那方面的存在化為少女的外觀而已。這麼說來，在『鬼太郎』裡面好像就有個妖怪叫那個名字。

當場理解了這一切的我，覺得關於妖刕和鵺之間的男女關係似乎已經沒有必要繼續訊問了，於是……

「真抱歉說了蠢話。畢竟蠢貨就算**死了**也治不好啊。」

我又帶著諷刺的意思如此挖苦妖刕。

結果妖刕隔著風衣輕輕抓了一下自己右手臂的肩膀附近……

「關於這點，我也百分之百認同你。」

說著，微微瞇起眼睛……露出了笑容。

彷彿是在嘲笑自己也是個蠢貨似的。

在美濱外語高中……

因為我一天只有上三小時的課程，剩下時間簡直讓我閒得發慌。

不過這所學校的綠地很多，空閒時間去散散步也多少能排解無趣。於是我就像個老人一樣，到處閒逛打發時間。畢竟我不想留在教室跟那群女生在一起。

UT SIT MENS SANA IN CORPORE SANO（人當祈求強健的體魄與健全的心靈）——在日本通常被誤解為『健全的精神寓於健康的身體』——這句羅馬人尤維納利斯留下的詩句被寫在體育館的牆上……在館外可以聽到其他大概是課表有空堂的學生們正在裡面運動的聲音。

那些聽起來打從心底感到愉快的聲音……讓我不禁有點感動起來。

雖然在武偵高中也不是沒有人從事運動，但武偵的運動是為了不要在實戰中喪命的體力鍛鍊，因此當然也不會有什麼愉快的氣氛。大家只要稍有摩擦就會立刻拔槍啊。

我抱著有點憧憬的心情窺探館內，發現不知火正在裡面和人打三對三籃球。

比賽對手看起來……應該是一群在這間學校跟不上課業，決定把專注力放到吸引異性的不良學生們。然而比起那些態度輕浮的傢伙，在旁觀賽的女生們注目的對象——果然還是不知火。

比賽一結束，那群女生便一擁而上，提供毛巾或飲料給不知火。

不知火雖然看起來有點傷腦筋，但還是很客套地露出皓齒對大家笑著。對於那樣的大帥哥，各運動社團的女經紀人們也爭先恐後地在邀請他入社。

（……哼！一群臭女人。妳們根本就不知道那傢伙的真面目啊……）

我不禁跟那群不良學生一樣皺起眉頭。

男人重要的不是外表，而是內在才對吧？

雖然這是我的真心話，但如果問到我有沒有內涵，其實也沒有。

因此我在這間學校同樣完全不會被女生搭話也是理所當然的事情。

畢竟我每天除了上那兩堂課之外，剩餘時間就像個痴呆老人一樣到處散步而已嘛。

又沒有特別做什麼引人注目的事情，所以也沒有男生來找我攀談。

也就是說我在這裡一樣沒有人緣，存在感稀薄。

換句話講就是顯得格格不入。

不過——反正我要是受到女生們歡迎，就會變得不想來學校嘛。

而且身邊沒有朋友也比較能專心念書。所以沒關係，我照現在這樣就好了。

不知火大概是為了不要讓身體生鏽而運動的……我好像也該運動一下。姑且不論交朋友什麼的，身為一名武偵應該如此。

然而，畢竟我不擅長球技……

於是我走向散步時發現的一棟位於校區角落的組裝屋。

我想這裡應該是為了拿來當空手道或柔道的道場而建的設施。但也許是因為這所高中沒有學生學習武術的關係，最後被當成一座倉庫，然後被我看上了。

門鎖……或者說大門根本已經壞掉，連關都關不起來。屋內積滿灰塵，半個人影也看不見。感覺幾乎快要化為一棟垃圾屋，到處可以看到很老舊的玩意。像是各種工具啦、卡式爐啦、舊型的DVD播放器還有延長電線等等。

不過我來到這裡不是為了這些雜亂的破爛品。

而是懸吊在屋內深處的拳擊沙包。

這東西還可以用，或者應該說是幾乎沒用過就被丟棄在這裡了。

「……我看你也不被揍一揍就枉費生在這世上的意義了吧。」

明明在學校都幾乎不講話，卻對一個沙包溫柔搭話的我——

稍微擺出架式後，砰！——砰！——磅、磅！砰！磅！

複習了一下以前在強襲科學過迅速讓人體無力反擊的動作。

——側頭部、眼球、咽喉、胃袋、肝臟、腎臟、劍突部——

平常狀態下的我雖然沒有說非常強，但好歹是一名武偵。如果是像剛才看到那些不良少年之類的外行人，就算被十個人包圍我也不會被打倒。即使是忽然偷襲也對我沒用。

這並不是因為我體力特別優秀，而是我從小就在家中、長大後在武偵高中——讓身體鍛鍊出了戰鬥時的『直覺』。應該攻擊的要害、應該折斷的骨頭、應該讓對方倒下的方向、讓對手喪失鬥志的方法等等。唉呀，即便如此還是沒有亞莉亞那麼強就是了。

雖然這運動沒有激烈到會流汗的程度，不過我還是讓自己不要忘記感覺比較好。

「……」

嘰……我伸手推住停下沙包，讓鐵鍊發出軋響後——

面對人類以外的存在就會積極對話的我最後又「砰！」地拍了一下那個圓柱體。

接著留下一句「再見啦」並轉身準備離開時……

（……？）

有人逃走了。從這棟組合屋附近。

我雖然沒看到身影，但有感受到氣息。

——被看到啦。看來我也變得遲鈍了。本來想說這種地方應該不會有人來的說。

大概是很不巧有誰想丟垃圾而剛好經過這裡的吧。

然而我剛才的行為就算被看到應該也不會造成什麼問題才對。

畢竟如果不是內行人，也看不出我是在模擬攻擊人體的要害。

而那樣內行的人也不可能出現在這種和平的學校。

我接著走到屋外，周圍已經看不到什麼人影了。不過……

鼻子隱約聞到了些微宛如香皂的味道。

經過大約一個禮拜的填鴨式學習後，我的義大利文已經提升到可以進行簡單日常會話的程度了。這樣應該至少有辦法觀光旅行吧。以前靠猾經稍微作弊的事情幫上了很大的忙，讓我姑且可以跟上這個第二年程度的班級。至於不知火雖然剛開始似乎感到有點棘手，但因為他腦袋很好，現在已經學得不錯了。

如此這般，課程學習本身是進行得很順利。然而……

即使到了這所外語高中，我的問題依然是在人際關係上。

畢竟周圍除了不知火以外全都是女生，老實講讓我很難受。

剛開始只因為我是男生就表現得還算歡迎的那些女生們，如今也是看著我苦笑並竊竊私語了。當然，她們是在我看不到的角度這麼做，但——我因為在偵探科養成的習慣，會偷偷注意可以當鏡子的東西……主要是教室的一臺大型電漿電視上反射的畫面。

因為整間教室只有六個人，想當然在日常生活中必定會有些對話。但是在那樣的立場下，我就連這類的日常對話——例如對女生講一句「謝謝」，都會忍不住感到緊張。

尤其是課堂前或課堂後的時間帶特別困難，偶而女生會說出「遠山同學覺得怎麼樣？」之類的話，把話題帶給我，我卻總是很笨拙地講一句話就結束掉。

這樣的狀況日趨嚴重，到現在即使遇到在課堂中有必要看向女生的狀況——我也會因為緊張的關係，變成連自己都覺得噁心的偷瞄眼神。

像對話練習時只要女生坐到我面前，我的視線就不知該往哪裡看了。畢竟班上的四名女生每個都是美女，萬一我看著她們的臉傻住，就會有被對方以為我是身為一個異性對她有興趣的風險。這樣對方應該也會覺得不舒服吧。因此我為了不要直視對方的臉，始終低頭盯著課本。但如果這樣反而讓對方覺得我無視於她的存在該怎麼辦……腦袋都快打結了。

狀況演變到這種程度之後，我即使只是在校園中和女生擦身而過也會感到痛苦。當走到女生附近，我就會裝出對她沒興趣的表情走過去。但每次都不禁會擔心這樣是不是反而很失禮。如果是剛好要走往同個方向，我也會煩惱究竟是該追過對方以防被誤會是在跟蹤，還是應該放慢腳步和對方拉開距離。

所謂普通的女生……

光是存在本身對我而言就是一種壓力了。明明對方也不是什麼敵人的說。

然而，這個世界上有一半的人都是女的……我根本是個社會生活困難患者嘛。

放學後因為可以逃避那些女生帶來的壓力，對我而言可說是充滿解放感的時刻。或許偶爾也應該給妖刕和鵺可以獨處的夜晚吧……身為寄宿客的我為了屋主們著想，決定今晚用那臺大型電漿螢幕來欣賞黑手黨電影──而準備回教室的時候。

嗚！明明都放學了，教室裡居然還有女生。而且不只一個。

雖然沒有被她們發現，但我還是反射性地躲到隔壁教室了。

「果然美央的目標也是不知火同學呀。」

「那當然啦，花蓮也是吧？」

「嗯嗯。好，那麼人氣投票就是不知火同學三票，遠山〇票。」

聽起來……

她們似乎在進行什麼人氣投票的樣子。明明男生就只有兩位，妳們不會感到空虛喔？

我在當克羅梅德爾時是獲選榜首，當遠山卻是〇票。兩邊的得票結果都很教人難受呢。

然而這場投票似乎還沒結束。現在聲音聽起來有三個人，可是我們班上的女生人數應該有四名。

——山根雲雀。第一天莫名注目我的那個短髮高䠷女生不在這裡。

「不過啊，說到雲雀，那個人感覺完全就是喜歡遠山吧。」

……呃。

「就是說呀~這場投票也有點是為了雲雀舉辦的嘛。呵呵呵！」

「雲雀她本來像頭髮都沒有好好打理的說，結果最近看起來都有在護髮。上課時也一直在偷瞄遠山。我真搞不懂那個噁心的男生到底哪裡好。」

我……完全沒注意到。雖然像是『我總是會避開女生』啦，或是『女生對別人的視線本能上會比男生敏銳』等等，想找藉口可以找到很多。不過——

重點在於山根雲雀是在**注意不讓我發現的狀況下看著我**。

一個外行人竟然能夠不讓武偵察覺到視線，這有點奇怪。

因此，反正已經被罵成噁心男生的我決定在隔壁教室繼續偷聽她們的對話。

「雲雀她以前有過被逮捕的前科對吧？」

「好像是違法入侵的樣子。」

「根本是危險人物嘛。人生已經結束了。」

要說到被逮捕的前科，我也算是有啦。而且還是最近，罪嫌更是殺人罪呢。另外，危險人物也是人，人生還沒結束。像我可是被英國政府還有美國政府等等官方列入危險武偵名單中，但現在還活得好好的啊。

「像那種『為工作而活』的類型，我怎麼也不喜歡。」

「我也是～而且每次約她做什麼都不跟的。」

「雲雀和遠山同樣都是怪人，應該很適合在一起吧？」

平常看不太出來……原來山根雲雀這麼被討厭啊。

然而就在這時——大概是為了掩飾身高，總是穿矮跟鞋的山根雲雀本人的腳步聲傳來了。

於是其他三名女生立刻改變了話題……

「啊，雲雀～」

「謝謝妳來呦。」

「最近就算到晚上也很溫暖呢。」

她們忽然就像好朋友一樣搭話了。女人真恐怖。

「找我來有什麼事？」

根本不知道自己被人私下講壞話的雲雀很普通地加入大家的圈子後……
「我們在辦人氣投票，針對班上那兩個男生。雲雀也來投票吧。」
一名女生感覺像在憋笑似地對雲雀如此拜託。
結果……
「就為了這種事情把我叫來？我可是很忙的說。呃～……好啦，就這樣。」
「哇～！」
「果然是投給遠山！雲雀喜歡的是像司那夫金（註4）那種類型的呀？」
「啊哈哈！我說，妳這是同情票嗎？」
受不了……山根雲雀真是個不會看氣氛的女人。妳幹麼不跟著大家一起投給不知火就好了？
就是因為那樣妳才會難以融入班上啊。雖然我完全沒有資格講別人就是了。
「——不。那個人，我覺得很有趣。」
相較於講話方式有點幼稚的其他三人，雲雀的語氣也比年齡顯得成熟。
「像那種有陰影的人，讓我很在意。」
……真是傷腦筋的女人。拜託妳不要理我啦。
然而，女生們聽到雲雀的發言都興奮了起來。

註4　芬蘭小說及改編動畫『姆明一族（嚕嚕米）』中的登場人物，個性喜好孤獨。

大概是對於她們剛才自己提出的假說得到確信的關係。

「既然這樣～妳要不要跟他搭話看看？」

「……我再觀察一下。」

「鼓起勇氣嘛！像不知火同學的競爭賠率是三倍，不過遠山只有一倍喲！試著 attack 看看嘛！」

什麼 attack，在武偵用語來講可是攻擊的意思啊。

話說妳們這群傢伙，為什麼從剛才開始對不知火會加「同學」，對我就直呼其名啦！

結果……啪哩啪哩啪哩。我聽到有人吃ＰＯＣＫＹ的聲音傳來。

因為我有看過幾次所以知道，那是雲雀在吃她愛吃的極細ＰＯＣＫＹ的聲音。

她似乎每當壓力大的時候就有吃ＰＯＣＫＹ的習慣。

「不是那樣。我這個人討厭男生。因為以前身高比男生高而被欺負過。」

聽到雲雀這樣冷淡的回應，女生們頓時「蛤～」地發出有點不滿的聲音。

不過她討厭男生對我來說倒是一件好事。如果所有女生都能變得討厭男生，大家就會像火野萊卡一樣甚至主動避開我，也省得我麻煩啦。

社會上有股風潮，認為身邊無時無刻都有朋友的傢伙就像是人生的勝利組。

然而，我身為司那夫金遠山，堅決要對這點提出異議。

孤獨並不是一件壞事。

……獨自一人，很安靜，很自由……

那也應該是人類的一種理想狀態。

無論做什麼事都不會被講話，是終極的無壓力狀態。

像讀書或精神鍛鍊等等提升自我的行為，有時候不是獨自一個人就做不到。從小學時代就朋友很少的我，有一段時間特別喜歡觀察天文……那也是一個人比較有氣氛的活動。另外像繪畫、作曲或寫作等等創作活動，主要也都是一個人進行的。

因此『孤獨』對人類而言是必要的狀態。

就這樣，今天放學後我同樣為了提升自我，打算到廢棄屋道場一個人打沙包。可是……

最近的我似乎總是會抓到不對的時間，現場已經有人了。

而且是兩個人。

畢竟這地方不太引人注意嘛。他們是來做什麼的？

「……呃，我今天真的沒有帶錢……」

──聽到這聲音，讓我頓時以為自己幻聽了。

我接著窺探屋內，這次換成以為自己眼花了。

那兩人之中有一方是俄羅斯系的混血兒，被稱為這所學校的不良少年頭頭──是個耳朵上掛了一整排耳環的金髮男子。

另一方則是被他抓起衣領的女生臉男子。

「我就說借點錢來用用啊。幹！怎麼可能沒帶錢？」

「那個……我今天真的……忘記帶錢了……」

那套很稀奇的白色立領制服……

果然不是我看錯。

（那人……是可鵡韋吧……！）

就是上個月底在學園島第十三區包圍我的前公安零課成員之一——獅堂的部下，可鵡韋。

不知火之前說過跟前零課相關並叫我『什麼都不要發現、什麼行動都不要做就沒事』的事情……

……原來是指這件事……！根本不是去竊聽什麼山根雲雀講話的時候嘛。

不過，今天讓我遇上就是你的末日了。

反正今天獅堂也不在，就讓我找張三報李四的仇吧。至於以前我跟不知火講過的話，就當是撤回啦。

——就在我如此憤慨激動起來的時候……

「那、那我改天再把錢送到學長家……」

「啊？我叫你現在拿出來啦！我要去喝一攤啊！」

「好、好難受……請、請把手放開，拜託……我、我不能呼吸……！」

……總覺得……狀況很奇怪。

那樣怎麼可能難受嘛。雖然他是有裝得讓外行人看起來好像很難受的樣子。

如果想要從正面勒對手的脖子，應該要先把雙手左右交叉抓住對方衣領——再張開雙臂往兩側拉，同時像捲電線一樣把把衣領捲到自己手上才對。

因為絞首的力道需要用到對手的體重，通常要把對方全身都吊起來才行。靠施力角度也能選擇是要一口氣給予頸椎傷害，還是壓迫頸動脈與氣管使對手缺血、窒息。

另外，既然是要把對手身上的衣服拿來當絞繩，繞到對手背後再出手會比較實際。畢竟這樣也比較不容易受到反擊。

可是現在這個不良少年……單純只是把可鵡韋的衣領往上扯而已。真搞不懂他究竟想幹麼。

而且可鵡韋的腳尖根本就有碰到地板，再說從正面本來就已經不好了。用那麼隨便的方式，可鵡韋怎麼可能會感到難受嘛。

照我的推斷，可鵡韋他——擁有我即便進入爆發模式，打七場也搞不好會輸給他兩場的強烈存在感。

那樣的他為什麼這麼輕易被對手得逞了？這樣不就跟他的長相一樣，完全是個女孩子了嗎？

再說，那個金髮也是全身破綻。啊～啊～或許他是想嚇唬對方啦，可是居然把臉靠對方那麼近……

那樣就算是沒有爆發的我也能朝他的人中賞一拳，打斷個兩顆門牙，一秒就分出勝負啦。

難道可鵡韋是覺得那樣不好玩……故意在等對方叫夥伴來嗎？

就在我徹底變成了一名旁觀者，交抱著手臂思考可鵡韋那行動的意義時……

唰！——啪！

我忽然被人從旁一扯，從門前讓開——

緊接著一道閃光燈朝組合屋內閃了一下。

「你是三年級的南場葉戈爾對吧？如果不想被趕出學校，就立刻放開那個人。」

在閃光燈源處，也就是我旁邊……

我們班上的雲雀拿著 Nikon D3——一臺又黑又大俗、拿在女生手中顯得很粗獷的單眼相機站在那裡。那是有效像數超過一千兩百萬的高端相機，絕不是便宜貨。難道雲雀的興趣是攝影嗎？

雖然雲雀把施暴現場拍攝下來，打算以此威脅對方住手，可是……

那個叫葉戈爾的傢伙，怎麼看都比普通的女孩子強啊。

「——啥？妳誰啊？喏，我把放開他啦，把相機交出來！」

姑且放開可鵡韋、唯獨塊頭特別大的葉戈爾……朝道場門口走過來。

接著伸手打算從不知該說是不怕死還是蠻勇的雲雀手中把相機搶走。畢竟那東西的確會成為暴力行為的證據，而且大概也是覺得那相機看起來很值錢吧。

然而，雲雀抱住相機，躲開了對方。

「我叫妳交出來啊！」

就在葉戈爾一掌用力推向雲雀時——

剛才一直呆站在原地的我插入了兩人之間。

然後「砰！」一聲代替雲雀被推了。看在我們同學一場的份上。

而且要是我在這裡撐住身體，反而會害葉戈爾手腕挫傷。因此我順著他的力道故意往後倒下……的時候……

「——遠山同學！」

雲雀不知道為什麼竟然像是要撐住我似地從背後抱住了我！礙事啦！這樣不是會兩人一起倒下嗎！

無可奈何下，我只好半轉身體，彷彿要摟住雲雀的腰部般——

——砰！

在倒下去的同時，用手保護雲雀的頭和背部不要撞到堅硬的地板。

不過因為屁股還是難免稍微摔到的關係……

「……嗯嗯……！」

山根雲雀感到有點痛地皺起了眉頭。

而她那件本來就已經很短的緊身裙就……！

畢竟她是被我壓在下面，所以應該只有我看到而已。但這傢伙為什麼要穿這種又黑又細、像性感睡衣一樣的內褲啦！明明她便服都穿得很正經八百的說。或許這句話用得有點奇怪，但這就是所謂『脫掉後很有料』嗎？呃，雖然是很適合個性成熟的雲雀啦。

「啊！喂……！」

雲雀凜然的表情頓時泛紅——並趕緊拉下裙襬遮住裙底風光。而從她的身上飄散出一股像香皂般、很有女人味的氣味——

「你幹什麼！滾開啦！」

葉戈爾用腳把我踢開後，又再度把手伸向雲雀的相機。

「——別這樣。不可以隨便碰女性的東西喔。」

覺得雲雀應該討厭暴力的我，輕輕地——把葉戈爾的前臂架開、誘導，讓他的尺骨神經撞到組合屋的門框，引起就像手肘撞到椅子的彎角之類的地方會麻一下的那種現象。

結果……

「痛啊！……嗚……」

葉戈爾竟然發出連我都會嚇一跳的大聲量，把手縮回去了。然後很誇張地摸著自己從手肘到小指的部位。

「幹，痛死了……！」

呃？葉戈爾，你手肘該不會有長什麼囊腫吧？不，應該不是那樣。他單純只是覺得痛而已。怎麼會……這麼不耐痛？一般人難道是玻璃做成的嗎？無論身體還是心。

白皮膚的臉氣得變成粉紅色、活像隻猴子的葉戈爾接著……

「──怎麼啦？有誰跌倒了嗎？」

因為現場出現了另一名男生──或者說就是通常都會在我一定距離範圍內待命的不知火──判斷自己在人數上不利，而輕輕地……這應該是在踢我吧……而且他本人似乎認為踢得很用力，卻只是稍微擦碰到我之後，便轉身離去了。

「唉，真受不了……」

話說我這故作輕鬆的態度，看來是爆發了。

只因為剛才和雲雀那短短一瞬間的交錯。

雖然雲雀的確是美女沒錯，但感覺像是毫無節操的自己還真是教人討厭呢。

或許一方面是之前人氣投票那件事的關係，搞不好我在心底深處有在注意她吧。

不，大概是因為武偵高中沒有像這種宛如職業女性的女生吧。

妳實在讓我感到新鮮，而稍微刺激了我的心呢。

話說回來──

這果然和幻夢爆發不一樣，是貨真價實的爆發模式。

強壯而堅實的爆發模式，甚至讓我覺得就這樣靜靜等它結束也太浪費了。

對，我真想找個人──打一架呢。

就在我準備轉頭看向可鵡韋的時候……啪！

我的頭忽然被雲雀用力拍了一下。

「剛才為什麼不去救他！你是男生吧！」

爆發金居然被剛才自己救過的山根雲雀罵了。

「……呃、我對暴力之類的不太行啊。」

身為暴力象徵的武偵在講什麼鬼話？雖然講的人就是我自己啦。

接著，從組合屋裡——

「那、那個……謝謝、你們……」

身穿白色立領制服的可鵡韋真的就像個女孩子一樣畏畏縮縮地走過來，向我和雲雀道謝。

「你也是男生吧！有骨氣一點呀！」

大概因為雲雀是個自立自強的類型，對可鵡韋也同樣表現得很嚴苛。

相對地，不知火則是……

看著假裝互不相識的我和可鵡韋——露出『唉呀～居然讓你們碰上了』的苦笑表情。那傢伙之前講過的『刻意安排』果然就是指這件事。

「呃～山根同學，妳還好嗎？如果有受傷之類的，我可以送妳走喔。」

不愧是大受女性歡迎的不知火，說出了這樣一句體貼的臺詞……然而偏偏不是不知火派而是遠山派的怪人山根雲雀卻稍微瞄了我一眼後——

「不用了。」

一個人拿著相機離開了。姑且是走向跟葉戈爾相反的方向。

就這樣……

不看可鵡韋眼睛的我。

不望向我的可鵡韋。

以及面露苦笑的不知火。

三個人都保持著沉默——

直到有足夠的時間讓葉戈爾和雲雀都完全離開之後……

「遠山金次學長，你是來幹什麼的？請你消失行不行？」

哦哦。

剛才還表現得很可愛的可鵡韋同學，聲音開始帶有殺氣了呢。

不過光靠他剛才這句話，爆發模式下的我就明白了很多事情。獅堂並沒有把『刻意安排』的事情告訴過可鵡韋。大概是認為他應該會討厭的關係。

獅堂恐怕就是在盤算要讓我和可鵡韋像這樣扯上關係。明明可以學義大利文的地方在東京都內就一大推了，他卻偏偏透過政治手段故意讓我到位於千葉的學校來。

好啦。那麼這下讓我和可鵡韋碰上了，他到底有何打算？是希望讓兩個年輕人好好相處、培養感情嗎？若是這樣，他這算盤可打錯了。

「我好歹是從那好～恐怖的葉戈爾學長的恐嚇勒索中救了你吧？」

我稍微抬頭看了一下開始變陰的天空並如此說道後……

「你完全沒搞懂。」

可鵡韋的回應首先就是否定我的話。有夠教人火大的。

「葉戈爾的父親是一名自衛官。我就是想送錢到他家去啊。遠山學長剛才應該選擇轉身離開才是有禮貌的行為。」

因為場所的關係，可鵡韋省略了很多內容。不過——

爆發模式下的我大致聽出他的全文了。

葉戈爾的父親是一位有間諜之類嫌疑的自衛隊員。可鵡韋是潛入到外語高中來，打算透過對方兒子的關係進入對方家中進行調查，然而卻被我很不識相地打擾了。

「我剛才只是在想，你究竟在做什麼啦。」

「請別找藉口。」

可鵡韋朝我瞪來。

怎樣？你想跟我打嗎？

「別這樣、別這樣。」

不知火這時介入圓場，然而……

「我才想說獅堂先生最近怎麼看到我都會露出賊笑。總之，請遠山學長快點離開這所學校。」

「這可不成。我是來這裡念書的。你在這種和平的學校才真的格格不入吧？應該消失的是你。」

「我拒絕。」

「你從剛才開始到底是怎麼搞的？沒有厲害的大哥哥們跟在身邊，你就只敢動嘴而已了？我一直都在你伸手可以碰到的距離喔？」

爆發模式下的我面對男生會變得故意講話很粗魯。

「別這樣啦，可鵡韋。遠山同學也是。」

「不知火，你到一般學校來被女生們尖叫包圍到連武偵高中的規矩都忘了嗎？要是面對沒大沒小的學弟妹卻夾著尾巴逃走，等下就會被蘭豹教訓啦。」

「這裡跟之前的學校不一樣啊，遠山同學。這裡是大家相親相愛的普通學校。」

「夠了，不知火學長。那麼遠山學長，**請你死死看吧**。」

可鵡韋說著——讓他的杏眼豎起眼尖……並走回組合屋中。意思是要在裡面跟我打是吧。

「很抱歉，我以前已經死過兩次了。機會就讓給你吧。」

不想被外人目擊到的我也解開自己穿得很不習慣的立領口……跟著走進屋內。

「呃～遠山同學，在這裡不要打架比較好吧？還有可鵡韋，你現在還是一檔嗎？還是升到二檔了？」

「就在現在，升到二檔了。」

「好好好，到此為止，住手吧。」

探頭望向屋內的不知火表現得有點著急的樣子。

然而，他這種明知白費力氣卻還是要講的感覺……看來他真要說起來是比較站在我這邊的。口頭上假裝是在制止對方，但其實提供了我一點線索。

可鵡韋剛剛在不知火的誘導下，說出自己『提升』了某種東西。

從以前在第十三區交手的過程中可以推測出來，可鵡韋似乎能夠照自己的意思強化自己。

而他現在應該就是做了這件事。

「只要敢妨礙我的人都有罪。遠山金次，我要審判你。」

「審判是法院的工作吧。」

可鵡韋和我——

分別穿著白色和黑色的立領制服，活像昭和時代的不良少年電影般彼此對峙。雙方相距六公尺。

一方面因為不知火剛才的發言，我稍微觀察了四周……在這種像倉庫一樣的場所交手，感覺要用點頭腦才行。必須掌握空間構造，避開障礙物戰鬥。

站在屋內深處瞪向我、靜靜散發出殺氣的可鵡韋——

雖然能力上是**真貨**等級，但我只要別輕忽大意就一定可以贏過他。

畢竟這次頭痛的症狀也沒發生。

「學長隨時可以出手。」

「學弟先吧。」

身為反擊派的我如此回應後——可鵡韋大概是覺得恭敬不如從命——

「上次遠山學長讓我們看到了你的招式。就當作是對那時候的道歉和回禮……我也讓學長看看吧。」

他擺出了架式。

然而那架式有點奇怪。

右手舉到胸前，用像是講悄悄話的動作豎起食指和中指。

跟風魔在結印時的動作很像……但應該不是忍術吧？

「那是什麼？」

我姑且問了一下後——

「——西亞普卡。」

……？那是哪國語言？我聽不懂。

不過用於攻擊的招式通常要取個讓人聽不出內容的名字會比較好。像我的櫻花或絕牢就是這樣。因此我想可鵡韋應該是一樣吧。

但話說回來，他既然只靠兩根手指就想對抗我，未免也太瞧不起人了。

從他的架式預測出來的可能招式是……靠手指的突刺技。

在遠山家的分類中，拳技大致可以分為毆打、橫砍與突刺三種類。

『突刺』就如字面上的意思，是用指尖刺擊對手，尖端越細就越銳利。最典型的形式就是指貫手，其中只豎起一根或兩根手指刺擊目標的招式又被稱為『指劍』。以中國

武術用語來講就是『劍指』了。

我想可鵡韋應該知道我這套立領制服是防彈防刃制服，因此他的指劍或許擁有和即便是防刃布料也能割破的反防刃短刀同等的威力吧。話雖如此，ＴＮＫ纖維也不是普通的布料，只要攻擊角度或力道稍有差錯，應該就會失誤。

像是在歐洲黑暗時代，想要殺掉身穿堅硬鎧甲的對手通常都是用戰槌或戰棍之類的『毆打』武器。不是用突刺，毆打才是正確的選擇——就像我的櫻花那樣。

而且我和可鵡韋之間有攻擊距離上的差異。

雖然他靠伸出手指多少縮短了那個距離差……但如果想把手指深深刺入我身體，這樣依然不夠。

（——你做錯選擇啦，可鵡韋。）

我想著，擺出打擊的架式。

畢竟我不想開槍發出聲音，就陪你打格鬥戰吧。

「啊啊～這門關不起來……我要站在這裡，用身體擋住嗎……」

正當不知火在組合屋外面試著用自己的身體擋住門口的時候……

——踏！可鵡韋朝我衝過來了。

他的姿勢擺得很低。

而且邊跑邊撿起了某個東西。

那玩意一瞬間飛到我眼前，讓我知道了那是什麼東西。是鋒利如刀的玻璃碎片，左右各三片飛向我的眼睛。

在爆發模式讓我看到的超級慢動作世界中——

「——嗚……！」

躲開。再躲開。但六片中有五片其實是為了誘導我的動作。

因此最後一片我只好靠手刀敲破。而只要敲破玻璃，自然就會有碎片飛散。

為了不讓細小的碎片進入眼睛，我不得不一瞬間閉上眼睛。

——踏——！

而就在那一瞬間，可鵡韋像是反彈似地往後跳開。

（拳擊沙包的、後面……？）

總算睜開眼睛的我瞇著眼睛看到的——

不是可鵡韋躲的沙包後面，而是前面。

也就是我和沙包之間的空間。

可鵡韋不知什麼時候撒出來大量螺絲和螺帽飛散在半空中，中央還有一瓶用破布包起來的卡式爐瓦斯罐。

另外，可鵡韋這時已經開槍了。用的槍是M93R，單發模式。灼熱發紅的9mm魯格彈朝著瓦斯罐筆直飛去。

這是——

和碎片式手榴彈同樣的構造。小石子和螺絲等等是彈殼，瓦斯罐是炸藥，然後子彈是擊錘。

在剛剛那麼短的時間內，可鵡韋就用現場的東西造出了兵器。

我雖然也拔出了手槍，卻無法使出彈子戲法。因為瓦斯罐就擋在對方子彈的前方，妨礙我射擊。

——隆隆隆隆隆隆隆隆隆！

因為有破布包著的關係，爆炸聲顯得有點模糊，暴風也變得不太規則。螺絲與螺帽在屋內高速亂飛，肆意破壞周圍的各種廢棄物。我只能把身體伏低。畢竟只有這裡算是安全地帶。

接著從沙包後面現身朝我衝過來的可鵡韋——

——踏——！

又再次一口氣縮短了和我之間的距離。

用玻璃碎片當投擲短刀，用瓦斯罐製造炸彈，都不是為了解決掉我的手段。他的目的是要徹底破壞我擺出的動作架式。

指劍如流星般快速逼近，我沒辦法擋開。因為我現在姿勢不好。只能選擇閃避了——！

——然而早已預測到我這項動作的可鵡韋緊接著……唰！

用手指擊中了我的左大腿。

「……！」

宛如電流的衝擊在腳部流竄的同時，我趕緊用護身倒法滾向一旁，遠離可鵡韋。

這激烈的疼痛是怎麼回事！

感覺不像只是單純的受傷，甚至比中彈還要痛得多。難道是毒手、毒爪之類的玩意嗎？不對，這感覺並不是中毒。

是重要的血管或神經被傷到了嗎？不，這部位應該沒有那樣的東西。出血量很少，也沒引起什麼麻痺狀態。

「——烏賴。」

可鵡韋又叫出了奇怪單字的同時——咻——！

為了不要讓我重整架式，用巧妙的動作朝我刺出指劍。

他的中指這次也貫穿了防彈制服，刺傷我左腰部微上的部位。

「……！」

就在那瞬間，我身上被刺傷的這兩處之間——

彷彿傷口與傷口連成一線切開似的，讓我感到一股難以理解的劇痛。

這同樣遠比被刀砍傷還要疼痛。

（怎麼回事……這到底、怎麼回事……！）

我伸手抓住可鵡韋的手臂，同時噴出一身冷汗。

然而好不容易才抓到的可鵡韋，這次又換成對我使出頭槌——

不對。他是從口中吐出了釘子，目標又是我的眼睛。

於是我只好放開他的手臂，靠雙指空手奪白刃抓下那個棒狀飛鏢的時候……

「伊攸它尼・諾取。」

——噗哧——！

這次是右側腹……！又被刺到了。

指劍的刺傷口形成三個點，在我身體連成一個歪斜的三角形——連貫的劇痛線路。

這下我可沒辦法再故作平靜了。好痛。好痛。好痛。整個腦袋的思考都彷彿被痛覺支配，讓我差點叫出痛苦的吶喊，而趕緊咬緊牙根。

面對不得已之下與對手拉開一大段距離的我——

可鵡韋伸直背脊後……

「請問痛嗎？」

把手指上沾的血「唰！」地甩掉，並如此詢問我。臉上還微微露出冷酷的笑容。

「有一點點。」

我即使逞強嘴硬，額頭依然不斷滲出汗水。

這劇痛簡直就像站著身體在沒有麻醉的狀態下接受開腔手術一樣。我甚至懷疑自己的身體是不是真的被切開，而忍不住瞄了一眼確認。

（別慌，冷靜點……冷靜下來，觀察對手的行動……！）

可鵡韋的戰鬥型態是暗殺者——類似華生和凱撒。

而他的攻擊模式是利用周圍的物品牽制對手，再用指劍使出真正攻擊的兩段式進攻法。尤其他的牽制技巧富有創造力，總出乎我的預料。

（這間廢棄物丟置場，對可鵡韋而言簡直就像武器庫啊。）

他現在想必也在思考要怎麼利用周圍的物品。我不能給他太多時間。

雖然為了讓疼痛減緩需要一點中場休息，但看來現在不是想那種事情的時候。

老是挨打我也受夠了，差不多該轉守為攻啦。

不過我不太想使用遠山家的招式。畢竟要是像賽恩那次一樣被學走以後會很麻煩，也可能像獅堂那次一樣被擋下來。更何況對付年紀較小的對象還那麼認真感覺有點遜。因此——

「抱歉，我要耍詐一下啦。」

我說著——「砰……！」地使出風魔的招式．地撲，一口氣掀起灰塵。為了讓可鵡韋比較難看清楚周圍可以被他當成武器的物品。

另外我也可以躲在煙霧中，放輕腳步縮短距離。

「學長，你是忍者嗎？」

可鵡韋發出聲音。看來他是藉由聲音反射測出和我之間的距離，我白費力氣了。

「不，忍者是我學妹——或者說是同學了。」

我同樣發出聲音，發現可鵡韋不在前方。這煙霧反被他利用啦。

就在我這麼想的瞬間，脖子忽然從背後被某種繩狀的東西套住。是可鵡韋繞到我背後的同時綁到我脖子上的。這是——掉在地上的ＤＶＤ播放器的電源線。

和葉戈爾不一樣，他是從背後完美套住了我的頸部。在這點上，我可以給他一個〇。

他大概是為了報復我剛才攪局，才對我使出了絞首技……然而在這點上就要給了。絞首技應該是較高的人對較矮的對手使用的招式，但我和可鵡韋之間是我比較高。而絞首技的反擊手段就是反過來利用雙方身體緊貼的特點使出摔擲技。可是如果摔得不夠快，反而自己會失去意識。要是像猛妹那次一樣對方是女性，我或許就會失誤了。然而可鵡韋是個男的，因此我立刻——啪！

像是原地前滾翻似地把他從背後往前摔。

但正如我的預測，他不是靠這種小招式就能解決的對手。可鵡韋在被摔過程中放開手，接著……該死！這招絞首技也只是牽制啊。

「雷聶西庫魯。」

——噗！我的右胸口又被指劍刺到了……！

「嗚……！……！」

這下傷口增加為四處，互相連結的線狀疼痛倍增為六條。

不過我發出低沉的呻吟並不是因為這樣。

而是我的頭——最近進入爆發模式時會引起的深處頭痛在這時又發作了。

該死！這樣我會難以行動，身體會變得不聽指揮啊……！

「……遠山學長，你剛才那有點沒風度喔。」

看出我身體狀況不好的可鵡韋——對我剛才使出地撲的事情抱怨了一下，並拍掉他白色制服上沾到的灰塵。

「不過，真不愧是遠山學長。我從來沒遇過被擊中四個諾取還能站著身體的人。畢竟這招通常被擊中到第二或第三處就會痛到休克，不然就是會發狂。好啦，學長，請問你要怎麼辦？我想你差不多也到極限了，想求饒就要趁現在喔。因為要是痛到講不出話，就會連投降都辦不到了。諾取還有兩次……要接受下一發了嗎？」

——諾取。

那就是這個連續指劍的招式名嗎？

然後西亞普卡、烏賴、伊攸它尼・諾取和雷聶西庫魯就是每一擊個別的名稱。

「你就試試看啊……」

——為了用瀏海遮住痛苦的表情而微微低著頭的我……把之前在學園島第十三區被獅堂講過的話回敬給可鵡韋。

「……我真的會出手喔？」

「我就叫你試試看啊。雖然你臉蛋長那樣，但好歹也是個男的吧。而且這裡也是學校，我就來幫你好好上一課。」

「如果當作棺材或許很寬敞，但是在這樣又小又髒又昏暗的地方喪命——請問你不會後悔嗎？」

「如果你有辦法、讓它散落、那你就、試看看吧……！」

我斷斷續續地講出這句遠山家代代傳承下來、做出覺悟時的招牌臺詞後——

抬起視線，擺出了架式。

將發抖的左手張開往前伸，右拳與右腳大大往後縮，並沉低下盤。

——櫻花。

的準備動作。

我勉強擺出來了。

「抱歉啦……可鵡韋。」

「請問這是在道什麼歉？」

「我只因為你年紀比較小就考慮不用這招，本來打算盡量溫柔地擒伏你。不過……男人果然還是應該靠必殺技解決對手才對。我對你隱藏這招，是失禮的行為。雖然我覺得又是投多餘的牽制球，又是一點一滴慢慢刺傷對手的做法也很小家子氣就是了。」

臉蛋像女人的可鵡韋聽到我這句挑釁——眼神頓時銳利起來。

「我明白了。那麼最後的兩顆星，我會用雙手同時刺穿你。」

……我是不是講了多餘的話啊？

不過可鵡韋大概是太生氣的關係，不小心說溜嘴了。

——星。

他這句話就讓我知道了。我被他刺傷的位置……

因為左右相反的緣故害我發現得晚了，但是從可鵡韋的角度看來——就是描繪出北斗七星一部分的形狀。

雖然以星座來講會少一顆星，然而在有些文化中也會把那星象看成六連星。

另外相當神祕的是，那個星座……和東洋醫學中一支流派所列的經絡——也就是人體循環、反應的經路位置一致。

被認為是與血管或神經不同存在的經絡，近年來在西洋醫學界中也有透過熱電偶或電阻等等方式嘗試數值性檢測，客觀地漸漸受到證實。我雖然只有淺薄的知識，不過……可鵡韋刺中我的每個點，都是經絡交义處的經穴。而劇痛連結的線就是穴與穴之間相連的經脈。

可鵡韋就像漢方醫療外科的針灸一樣，利用刺擊經穴的方式破壞我的身體和性命。

「在那之前，我先把這個還給學長吧。」

他說著——大概是為了讓諾取更確實擊中我，而在不改變攻擊規律的狀態下——掏出他不知不覺間從我身上偷走的馬尼亞戈短刀。在這點上他也和華生很像啊。

然後他讓刀身「唰！」一聲彈出來，像踢足球似地用膝蓋頂了一下後……一記空中射門把刀踢了過來。

在灰塵依然微微飛揚的空間中，我的短刀以子彈般的速度朝我逼近。

軌道是……瞄準我剛才解開的領口位置的喉頭。

雙指空手奪白刃——不行。諾取的疼痛加上頭痛，讓我辦不到。

（不得已了……！）

我只好做出覺悟，些微扭轉上半身。

讓短刀飛進衣領內側。

——嚓——！

馬尼亞戈短刀最後刺到我的左鎖骨下方。

而且為了不要讓椎狀韌帶被切斷，我有調整角度讓刀尖刺穿到我背部。

這是從GⅢ的『內臟迴避』得出靈感的**故意被刺以接下短刀**的亂來招式。

「……」

這下就連可鵡韋大概也感到很意外，瞪大他那對像女人一樣的眼睛。

他本來的目的應該是想讓我閃避而失去平衡，解除出招動作吧。但是——

同樣的手段我怎麼可能上當那麼多次啦。我要轉守為攻了！

於是我將疼痛拋到腦後——砰！

——這次換成我衝向對方，為櫻花——亞音速打擊開場。

接著讓腳踝、膝蓋與腰部宛如多藥室火炮一樣連續爆發，提升速度。

然而這時我的櫻花還沒完成。這只是布局。

「——亞西亞諾卡——波羅・諾取——」

相對的，可鵡韋則是將身體伏低——

像貓頭鷹展開翅膀似的，將比出指劍的雙手往上抬起。

左手指劍刺向我胸口中央，右手指劍刺向我左胸。

（——橘花——橘花——！）

不過我早就精確預測到他要攻擊的位置了。

畢竟那就是他在我身上點出的北斗七星中，上面的兩顆星星。

因此我已經擺出讓自己的雙臂和可鵡韋的雙臂交叉的動作。

然後從背部右半邊、右肩、右肘到右手腕。

以及從背部左半邊、左肩、左肘到左手腕。

兩邊個別使出橘花，抓住可鵡韋的手臂。

利用和徒手抓彈一樣的訣竅，在兩人的手交錯的瞬間。

「……！」

可鵡韋感到很驚訝的樣子，但畢竟司那夫金對星星很了解嘛。這兩道流星被我抓住啦。

而回禮就是……

「——櫻花——！」

一道彗星！

利用剛才預先靠腳踝、膝蓋與腰部增加的速度，再加上脖子的加速——

——磅————！

朝可鵡韋的額頭使出了一記櫻花頭槌。

畢竟雖然搞不懂意思，但可鵡韋還是把他的招式名稱告訴我了。

所以我也告訴他啦。反正從名稱上也推測不出招式的原理。

「——————……………」

可鵡韋因為雙手被我抓住的關係，並沒有當場往後方撞飛——

而是全身延展開來，隨後原地跪下。

被我抓住的左右雙手原本的指劍動作……彷彿在象徵他的敗北般，已經不成原形了。

兩邊都只是比出剪刀的手勢，也就是V字手勢。不錯啊，這手勢象徵和平呢。

不過……

「嗯……嗚……」

真不愧是前零課的年經成員。我拉起可鵡韋的手看像他的女人臉，發現他雖然幾乎要失去意識——但並沒有昏過去。是朦朧狀態。

「……**不讓對手使出必殺技**。這可是你家老闆教過我的事情。」

雖然沒有到『對手出招前就解決掉』那樣完美的程度就是了。

這下我應該也……

稍微成長了吧。

我接著讓可鵡韋坐到地上。

——這樣一來，事件就落幕啦——

正當我這麼想的時候……

（……嗚……！）

因為剛才太專心和可鵡韋交手，讓我沒發現到……

「……怎麼回事？發生什麼事了？我好像有聽到爆炸聲呀。」

「不，沒事沒事。只是剛剛在清掃這裡的時候，有東西掉到地上而已啦。」

不知不覺間，不知火正在和某人交談。

有人來到這棟組合屋外面了……！

我轉頭一看，發現在道場入口附近——

（又是……山根雲雀……！）

隔著不知火的身體，隱約可以看到她苗條的身材。

看來她是——聽到剛才可鵡韋那個即席手榴彈的爆炸聲，所以又回來了。

不知火雖然在努力制止雲雀，但感覺很吃力的樣子。

全身上下的傷口多到不知該壓住哪裡才好的我，拉起按著自己額頭的可鵡韋——想要找個地方躲起來，可是……

「讓我進去看。剛剛那才不是那種小聲音。」

雲雀在我們完全躲起來之前，就探頭看到了屋內。

「這什麼味道……？咦！什麼？遠山同學，還有……那個男生。你們兩個男的在這種地方做什麼？」

很不巧地偏偏是躲在陰暗處抱在一起的姿勢被雲雀目擊到的我和可鵡韋——長相

已經被看到了。

可鵡韋因此很做作地開始裝哭起來。而我則是對那樣的他感到不爽的同時，也配合著他……

「和女生沒關係。看就知道吧？在打架啦。這是男生之間常有的事，別在意。我們已經和好了。」

為了不要被雲雀看到我肩膀和腹部的血，背對著她如此回應。

我雖然講出一半的事實，掩飾對方並不是什麼大事。然而……

山根雲雀卻還留在門口不走。

「……哦，這樣呀……」

妳快點消失啦。

趁剛才爆炸的燒焦味還可以掩蓋我身上的血味之前。

「呃～就是這樣。所以山根同學，我們回去吧。遠山同學他現在心情有點不太好。」

不知火抓住山根的肩膀，不得已之下有點強硬地將雲雀推出去……

畢竟他是個很會講話的男人，就這樣東扯西扯地一邊掩飾，一邊帶著雲雀走遠。

大概是為了套出對方究竟察覺到什麼程度，所以就這樣跟著一起回去了。

「……」

「……」

我和可鵡韋兩人留在髒亂的組合屋中——對雲雀離開的事情鬆了一口氣的我，一屁股坐到地板上。

雖然緊張感退去，頭痛也減緩了。可是……

被擊中的那四發諾取的疼痛一點也沒好。

可鵡韋大概也是腦袋還很暈的關係，在我正面蹲坐下來……

「遠山學長……果然很厲害。我這下明白獅堂先生為什麼對你那麼執著了。」

說著，「呼」地吐了一口氣。

他剛才說『升檔』的某種力量似乎已經退下去的樣子。

「我才要說你的手指功太誇張了吧。那和櫻花在招式原理上似乎不一樣，不過很強啊。」

然而……可鵡韋卻對我搖搖頭，讓他有點翹的後髮跟著搖擺。

「是我輸了。諾取和櫻花相比，櫻花比較適合實戰。」

……唉呀，這也沒錯啦。

必須擊中六發才行的招式，再怎麼強烈也太慢了。

說到底，他為什麼要拿這種招式當自己的拿手技啦？

彷彿是要回答我的疑惑似的，可鵡韋接著──

「我的專門領域其實並不是直接戰鬥，因此剛才在一氣之下出手時就已經是我輸了。而諾取本來也是訊問用的招式……」

講出了這樣一句讓我對前零課感到絕望的發言。

這麼強的傢伙，居然不是兵隊而是訊問員……？也太恐怖了吧，零課。

不過聽他這麼說我也可以理解。一發一發刺傷經穴，讓經絡彷彿被撕裂般痛苦，那樣的時間的確非常難受而恐怖。要不是像我這種平常就被打慣的傢伙，應該不管什麼事都會乖乖招供吧。

看到可鵡韋像在鬧彆扭似地抱著雙腳的樣子，我不禁覺得有點可憐了。於是……

「別那麼沮喪啦。你的傷勢比較輕不是嗎？」

我身為年長者稍微鼓勵了他一下。不過，實際上的確是我比可鵡韋強。

雖然總有一種他好像對自己的實力加了某種限制的感覺——然而他之所以沒有解除限制，或許是他無法解除的關係。

但我還是不能太掉以輕心。像這次的戰鬥，要是現場還有另一個跟可鵡韋同級的對手，我應該就輸了。畢竟實戰跟過去經歷過的格鬥遊戲不一樣，並不保證會是一對一單挑。

「唉呀，這也是經驗差距。如果我們同年，或許就是我輸了。不過現在這樣就結果來說很好啊。畢竟萬一你把我殺掉，就要等著被獅堂揍啦。」

「啊哈，說得也對。」

可鵡韋說著……總算對我露出笑容。而且是美少年特有的那種，讓人莫名有好感的笑臉。

「總之，你這下明白沒辦法靠蠻力把我排除了吧。」

「我明白了。不過我在這間學校必須隱藏真實身分。所以要是遠山學長告訴其他人，我就先消除掉那個人物然後挑戰學長。對，我會挑在遠山學長——不強的時候。」

……也就是趁我沒進入爆發模式時襲擊我是吧。

要是那樣，我肯定會成為諾取的犧牲者了。

「……話說，那是哪國語言啦？又是西亞普卡又是諾取的……」

聽到我這麼一問，可鵡韋他——

「——那是已經失傳的語言。」

感覺有點寂寞地如此回答我了。

可鵡韋後來用手指敲敲我身上別的經穴緩和疼痛之後，便離開了。

只靠指尖就能破壞也能治療，這少年的將來真教人恐懼呢。

雖然多虧如此讓血不再流了，可是身上被開出來的洞也不可能那樣就補好。我故意讓肩膀被刺出來的傷口也是。但我現在沒了獎學金，連去醫院治療的錢都沒有。

於是我只好用夾在武偵手冊裡的縫紉道具稍微補了一下制服上的破洞……然後決定回妖刕家，去拜託他養的那隻粉紅頭小不點了。

畢竟我聽說那個鵺似乎是個連治療也會的萬能角色。

為了不要被人看到身上打架過的痕跡，我坐在總武線電車最角落的位子回到位於錦系町的公寓——發現妖刕正在簡易保養他的蠻牛左輪手槍，甚至還用絨布沾防繡油塗在槍管內側。左輪手槍沒必要保養得那麼仔細吧？真是個認真的男人。
話說……我好像沒看過這傢伙保養他的刀。
明明比起槍械，其實日本刀才更需要平日勤於保養的說。
「……你這人老是在受傷。」
妖刕連頭也沒轉過來就看出我受了傷的事情。於是……
「我和你友人可鵡韋同學稍微打了一架啦。」
畢竟妖刕和可鵡韋是同伴，我就稍微念了一下。
「……對他好一點吧。可鵡韋現在是一個人在追查伊藤茉切的案子。這擔子對他來講應該有點過重了。」
聽到這句話，我一瞬間就忘了疼痛的事情，瞪大眼睛。
「可鵡韋、在查伊藤茉切……？只交給他一個人嗎？」
就算有對卒發作的因素，但擊敗過我老爸的伊藤茉切——應該要判斷為比遠強於我的老爸還強的存在。
可是居然交給應該比我還弱的可鵡韋去辦，太危險了。
像可鵡韋那樣的實力——即便情報不夠充分，也應該能推測出茉切的實力才對。他為什麼要接下那麼危險的任務？更何況，他明明就不是戰鬥方面的專家啊。
「說是交給他辦，不如應該說是可鵡韋自願的。說到底，可鵡韋當初好像就是為了追查茉切，才會接受零課徵召的。」

「……」

看來在我和可鵡韋之間，也存在有某種奇特的緣分。

然而妖刕接著又默默地繼續保養他的槍，似乎不會再講得更詳細了。

就在這時……叮咚……老掉牙的門鈴聲響起。

我以為是鵺回來而幫忙開門——結果……

「……搞什麼，是不知火啊。」

「講得也太過分了吧，好歹我是來跟你報告的說。原田同學，打擾一下啦。」

不知火用手指戳了一下我露出臭臉的額頭，然後對妖刕露出他的帥哥笑容。

妖刕並沒有什麼特別的反應。這是說可以進來的意思嗎？

「有好的消息跟壞的消息，遠山同學想要先聽那一個？」

「你在演什麼西洋片嗎……我是美味的東西留在最後吃的類型。」

「那就先從壞消息開始。我們班上的山根雲雀同學，或許要特別注意。我跟她道別後，為了確認她沒有再回去組合屋——稍微跟蹤了一下。」

「她跑回來了？」

「不，她沒有。」

「那不就好了？」

「不，雖然我沒有證據……但她或許是察覺被跟蹤，而故意沒有回去的。」

察覺不知火的跟蹤？

——不知火可是武偵，而且還是A級的。居然能夠察覺他的跟蹤……

「那行動感覺不太像是普通的學生。我雖然有想過要不要稍微調查她一下，但查得太深入搞不好反而會讓我方被抓到線索。」

「既然連你都這麼說，那這件事的確教人頭痛。你就別查了。萬一讓我真面目曝光，可鵡韋搞不好會去殺掉山根雲雀。然後呢？好消息是什麼？」

「可鵡韋似乎對你很中意的樣子。變得很尊敬你了。」

「兩邊都是壞消息嘛！痛、痛痛痛！大叫害我傷口又痛了……」

我就像個被擊倒的拳擊手，原地坐了下去。

「……那個叫可鵡韋的到底是什麼人物啦？告訴我你可以講的範圍就好。」

「可鵡韋是前零課中最年輕的成員，是能夠潛入學校機關進行調查的貴重人才。因為外觀佳個性也好，很受女生歡迎。但他就算潛入學校，通常很快就會離開，因此似乎不會跟人深入來往的樣子。」

「我想知道的不是那種雞毛蒜皮的個人檔案，拜託你稍微深入核心啊。」

「我認為他跟你是很像的類型。」

「哪裡像了啦。那種讓人根本搞不懂的傢伙……」

「在前零課的成員之中，他算是比較好懂的了。不過真意外你居然會講那種話。其實大家應該都覺得你才是最難搞懂的人物吧？」

「那句話我原封不動地還給你。」

就在我感到不開心的時候——砰磅！

這次換成門鈴沒響，大門就被打開。

「我把累積的點數拿來奢侈一下了喔！今晚吃鰻魚喔！」

身穿少女衣服增建圍裙的鵺很有精神地回來了。

接著看到屋內有我和不知火後……

「哦～哦～？家裡有三個看起來很強的男人喔。這下鵺今晚也要好好補一下，要不然身體會撐不住喔。咻咻咻！」

講著這種話，還滴出口水。髒死啦。我都開始擔心要不要讓她治療腹部了。話說這個叫鵺的女人到底是怎麼回事？又是蘿莉又是老太婆，又是粉紅頭又是痴女講話方式又這樣，到底是擠了多少屬性在裡面啦？就算在理子那些遊戲的假想世界中，我想應該也沒有這麼誇張的人物吧？雖然因為我沒玩過，所以這才真的是我假想的就是了。

Go For The NEXT!!!

可鵡韋的指劍造成的傷口，以及接下短刀時肩膀受的傷——後來是脫到剩下小鬼內衣的鵺在浴室幫我灑上消毒水，並塗上某種溫溫的軟膏，接著用尼龍絲各縫一針，再貼上ＯＫ繃……這樣就說治療完了。我不禁擔心問她「會不會引起什麼細菌感染的併發症之類的啊？」可是她卻回我一句「我以前在南美對那些又是中槍又是被刺的人做的手術可是更～隨便，但大家都還是活得好好的喔。」讓我明白了我接受的是跟從前時代的南美同等級的治療。

不過隔天早上醒來一看，肩膀的傷口已經漸漸癒合了。我這個人難到就算被刀刺也只要灑個消毒水就能治好嗎？不，這應該是那個來路不明的軟膏的藥效。因此我一早就對鵺提出「喂，把昨天那個軟膏交出來，我要找個罐子裝起來隨身攜帶。」這種要求，可是鵺卻回說「那是鵺看心情分泌出來的東西，不是說要就會有的喔。」害我當場全身顫抖起來。光想像那是從這蘿莉身上什麼部位分泌出的什麼玩意就讓人感到恐怖，於是我決定從此把那個便利軟膏的事情徹底忘掉了。

話說回來，鵺不愧是個女人，她幫我把制服上的經穴部位也確實縫好，漂亮到看不出痕跡呢。

至於我身體的傷，在隔天到學校上義大利文課的時候就漸漸消退……照這樣看來，應該不用一個禮拜就能痊癒了。

可是……

（……比起肩膀，比起腹部……我這次輪到胃痛啦……）

每天在一間小教室和美女老師以及四名可愛女生一起度過的生活。女人。女人。女人。女人。我都胃痛到受不了了。

（要是沒有不知火，我現在應該已經胃潰瘍倒下了吧。）

中間休息時間結束後，我想著這種事情慢慢走回那間滿是女人臭的教室……的途中……

啪唰！

在影印機前有個女生把印好的一疊義大利文講義撒到地上了。

「啊～真是的！」

那個用手肘敲打複合式影印機、看就知道是個機械白痴的女生是——

（山根、雲雀……）

在班上的男生人氣投票中投給我一票的奇特女子，也是不知火警告要特別注意的人物。

我本來想說假裝沒看到就走過去算了，但昨天我和可鵡韋的打架被看到時——我一心只想著不能被懷疑，反而做出了有點可疑的行動。而且雖然只有短短一瞬間，不過還是被她看到了爆發模式下的我。

所以我還是稍微挽回一下或許比較好。普通的男生遇到這種時候，應該至少會上前幫忙把講義紙撿起來吧。

我就做點看起來很普通的行動，掩飾雲雀對我的疑心好了。

於是……

「我幫妳吧。」

我單腳跪到地上，幫忙撿起那些B４紙。

「……謝謝。」

雲雀則是瞄了我一眼後，自己也默默撿紙。

沙、沙、沙……

因為紙散開的範圍有點廣，我們只好兩人蹲在地上一張一張慢慢撿。可是……

雲雀蹲著身體一左一右換腳移動，結果她的大腿就……把緊身裙一點一點往上位移，讓裙底深處變得若隱若現了。而且還好幾次，一直反覆。

……不、不妙。要是被她以為我是為了這種目的才來幫忙，反而會變得更可疑的。把視線別開吧。可是如果轉移視線得太明顯，又會很不自然。

正當我抱著這樣的不安，用僵硬的動作撿紙的時候……

——雲雀忽然「唰！」地把眼睛看向我。講精確一點，是看向我的胸口。

彷彿從剛才就在等待我注意力散漫的瞬間似的。

然後……

「……遠山同學。」

「……什麼事？」

「你有帶槍吧？」

……糟了。

原來她把講義掉到地上的行為——是故意的。

她其實是在埋伏我。

我用的槍套是可以把槍藏在腋下的類型，以位置來講不容易被人發現才對。但我因為肩膀受傷的關係，沒有把立領制服的釦子完全扣好，讓領口開得相當大。再加上蹲下身體撿紙的動作，讓對方看到我衣服內側了。

要是我否定，她搞不好會提出「那你讓我看看衣服裡面」的要求。

到時候我被可鵡韋刺傷的痕跡也可能會穿幫的。

真沒辦法。與其要穿幫兩件事，不如只承認一件就好。

「……妳可別說出去。我到這裡只是想唸書而已。」

於是我用一般女生今後不會再想跟我講話的程度——稍微凶了一下——對雲雀看也不看地如此回應。

然而，雲雀表現得卻若無其事。

「你是從東京武偵高中來的對吧，遠山同學？」

「……」

原來她有調查過我。可是為什麼？

「不知火同學感覺和你是從轉來之前就認識的樣子，所以他也一樣吧？」

就在我默默撿紙的時候，雲雀又補上了這麼一句。

為什麼她要那麼注意我和不知火？

要注意拜託妳只注意不知火行不行？而且最好像普通女生那樣，只注意他的長相。

「遠山同學，你是不是有哥哥？」

「——我有義務回答妳的問題嗎？」

我再度凶了雲雀一下，結果她蹲著身體不再撿紙，而是目不轉睛地盯向我。

「你哥哥的名字是不是叫金一？」

不妙。不妙啊。這下……

包括可鵡韋的事情在內，不妙的事情同時發生太多件了。

我想現在與其要跟雲雀裝傻，不如想辦法問出她的真實身分比較好。

畢竟要是太慢做出對應，搞不好就會難以挽回。

不，其實現在已經很慢了。

「——妳為什麼要調查得那麼仔細？」

「因為我是個記者。雖然還是高中生，但我可不是什麼實習記者。我從國中時代就在公司的編輯部工作，是特別報導班的專屬記者。」

記者……？

「……！」

聽到她這句話——我總算想起來了。

宛如照片般清晰浮現腦海。

那段我不願再想起的文字。

那句可恨的『執筆‧山根雲雀』的文字。

「前年有關令兄的那篇獨家報導，就是我寫的。我這個人非常討厭武偵。當時我接到情報，說有一名沒有登記在武偵廳的名單中，也就是詐稱身分的武偵名叫『加奈』——所以循線在追查似乎跟那武偵認識的令兄。結果雖然有關加奈的醜聞最後撲了個空，但相對地讓我遇上那起安蓓麗奴號的事件了。」

武偵——必須對媒體記者萬分小心。

那群人會陷害政治家、陷害藝人明星、陷害武偵。

以報導自由為盾，編寫、散布各種對名人或政治人物不利的報導，壓垮對方。

即便時代從紙張演變為網路，那方面的第一手消息還是出自記者的手。

「我來這所外語高中本來是為了要當國外特派員。不過真正運氣好的記者，是報導材料會自己送上門來。當我知道那起事件人物的弟弟要轉學過來，我就立刻選修了同樣的科目。」

「——妳以後不要再跟我講話。」

就在我真的像個有黑金嫌疑的官員般打算快快開溜的時候……

雲雀一把抓住我的袖子，不讓我逃跑。

然後……

「你看這是什麼？」

她從胸前口袋抽出一張數位印刷出來的照片。上面是——

「……嗚……！」

我和可鵡韋互相把槍舉向對方的畫面。

看來這是不知火當時預測出可鵡韋的即席手榴彈爆炸，而從組合屋門口躲開的一瞬間，雲雀用望遠鏡頭拍到的東西。

「雖然因為距離很遠，有點不清楚。不過我也有錄音到聲音喔。」

該死……！我以為這所學校只有普通人，一時大意了。

但是在一般人之中，其實也有能夠透過武力以外的力量讓我們破滅的人物。

而且這次的事情還跟可鵡韋有扯上關係。

這麼一來，那傢伙——搞不好會殺了雲雀。

在臉色頓時發青的我面前，雲雀從西裝外套的內側口袋抽出一張名片。

然後把那張名片抵在我還在痛的肩膀上，說出了一句讓我很傷腦筋的話：

「──我是文秋週刊的山根雲雀，想採訪一下關於你的事情。」

Go For The Next!!!

後記

大家好！我是趕稿趕到睡著，結果夢到自己在機場錯過了班機的赤松！

關於去年播映的電視動畫『緋彈的亞莉亞ＡＡ』，非常感謝各位的收看！附贈品相當豐富的動畫 Blu-ray ＆ＤＶＤ、公仔、瓦斯模型槍以及ＣＤ等等各式各樣的周邊產品，還有漫畫版一到十一集，小說版一到四集也都好評熱售中喔。目前很多商品應該都還有庫存，請大家務必趁早購買！多多關照！

另外還有一項小道消息，大家隨時隨地都可以在動畫中與亞莉亞他們見面喔。沒錯！動畫也有在網路上映！請務必多多利用以下網站。

d-Anime store、Rakuten SHOWTIME、Gyao!Store、DMM·com、niconico 動畫、萬代頻道、HikariTV、J:COM VOD、milplus、au 影片通、Playstation® Store、U-NEXT 以及 VideoMarket。

※上映情報會在動畫『緋彈的亞莉亞ＡＡ』官方網站上隨時更新，也請透過網站確認。

好啦，這部小說《緋彈的亞莉亞》目前連載到第二十二集了。筆者在第十九集的後記中也提過，羅馬數字標記難以理解的問題越來越嚴重……或許大家也會這麼想，不過請問各位有注意到嗎？其實從第二十一集就新增了一項點子，在封面的羅馬數字標記中間加上了阿拉伯數字呢。話說這個，好像從第十四集左右就應該要做了……（笑）

順道一提，在羅馬數字中，四十是XL，五十是L，九十是XC，一百是C，四百是CD，五百是D，九百是CM，一千是M。透過將這些拉丁文字照一定規則排列，來標示出各式各樣的數值。

只要能記住這些規則，今後就算這部小說連載到幾十集、幾百集都不用擔心了喔！

那麼，期待下次在羅馬的陽光變得適合享受義式冰淇淋的季節再相見。

MMXVI年IV月吉日　赤松中學

アリア22巻!!

※祝賀亞莉亞第22集出版!!

■大家好，我是こぶいち。
這次的封面是久違的蕾姬。
因為每次要畫德拉古諾夫都很傷腦筋，我乾脆買了一把模型槍。
但是因為箱子太大，
這下變成要傷腦筋該往哪裡擺了。

■本集中新角色們也陸續在插圖登場了！
希望各位會喜歡……

浮文字

緋彈的亞莉亞(22) 願彗星沉睡於白日夢

(原名：緋弾のアリアXXII 彗星よ白昼夢に眠れ(アノニマス・デス))

作者／赤松中學　封面插畫／こぶいち　譯者／陳梵帆
發行人／黃鎮隆　協理／陳君平
總編輯／洪琇菁　國際版權／林孟璇
執行編輯／呂尚燁　美術主編／李政儀
企劃宣傳／邱小祐
出版／城邦文化事業股份有限公司　尖端出版
台北市中山區民生東路二段一四一號十樓
電話：(〇二)二五〇〇七六〇〇　傳真：(〇二)二五〇〇二六八三
E-mail：7novels@mail2.spp.com.tw
發行／英屬蓋曼群島商家庭傳媒股份有限公司城邦分公司　尖端出版
台北市中山區民生東路二段一四一號十樓
電話：(〇二)二五〇〇—七六〇〇(代表號)
傳真：(〇二)二五〇〇—一九七九
北部經銷／祥友圖書有限公司
電話：(〇二)八五一二—三八五一
傳真：(〇二)八五一二—四二五五
中部經銷／高見文化行銷股份有限公司
電話：〇八〇〇—〇五五—三六五
傳真：(〇二)二六六八—六二二〇
雲嘉經銷／智豐圖書股份有限公司　嘉義公司
電話：(〇五)二三三—三八五二
傳真：(〇五)二三三—三八六三
南部經銷／智豐圖書股份有限公司　高雄公司
電話：(〇七)三七三—〇〇七九
傳真：(〇七)三七三—〇〇八七
一代匯集／香港九龍旺角塘尾道六十四號龍駒企業大廈十樓B&D室
電話：(八五二)二七八三—八一〇二
傳真：(八五二)二七八二—一五二九
馬新總經銷／城邦(馬新)出版集團　Cite(M)Sdn.Bhd.
E-mail：Cite@cite.com.my
大眾書局(新加坡)　POPULAR(Singapore)
E-mail：feedback@popularworld.com
大眾書局(馬來西亞)　POPULAR(Malaysia)
E-mail：popularmalaysia@popularworld.com
法律顧問／王子文律師　元禾法律事務所
北市羅斯福路三段三十七號十五樓
二〇一六年十月一版一刷

■中文版■

郵購注意事項：
1. 填妥劃撥單資料：帳號：50003021戶名：英屬蓋曼群島商家庭傳媒(股)公司城邦分公司。2. 通信欄內註明訂購書名與冊數。3. 劃撥金額低於500元，請加附掛號郵資50元。如劃撥日起 10～14日，仍未收到書時，請洽劃撥組。劃撥專線TEL：(03) 312-4212 ・ FAX：(03) 322-4621。E-mail：marketing@spp.com.tw

國家圖書館出版品預行編目資料

緋彈的亞莉亞22 / 赤松中學 著 ; 陳梵帆 譯. --1版.
--臺北市：尖端出版, 2015.07
面 ; 公分. --(浮文字)
譯自:緋弾のアリア
ISBN 978-957-10-6844-2(第22冊：平裝)

861.57　　105000574